遠花火

見届け人秋月伊織事件帖【一】

藤原緋沙子

コスミック・時代文庫

この作品は二〇〇五年七月に刊行された『遠花火　見届け人秋月伊織事件帖』（講談社文庫）を底本としています。

目次

第一話　遠花火

一

筋違橋《すじかいばし》から北に向かって伸びている大通りは、将軍が御参詣の折にお通りになる道で御成道《おなりみち》という。

この路は陽のあるうちは大変な人の往来があり、その道筋にある旅籠町《はたごちょう》一丁目には『だるま屋』という面白い名の本屋がある。

店は間口三間で東向き、朝の光が真っ先に差し込んで来ると、決まったように『古本写本　だるま屋』と染め抜かれた紺の暖簾《のれん》がかかる。

暖簾をかけるのは、この店をきりもりしているお藤《ふじ》という娘である。

お藤は毎朝、軽快な下駄の音をさせて表に現れると、白い二の腕をおしげもなく伸ばして暖簾をかけ、更に『東海道中膝栗毛』とか『南総里見八犬伝』とか『往来物様々』などの札を垂らし、店の表に『古本売買　御書物処』の箱看板を据えるのだった。

色白で細面、黒々とした瞳でぬかりなく店先を見渡して、それが終わると、しっとりとした唇で、

「今日もよろしくお願いします」

東の空に向かって遠慮勝ちに柏手《かしわで》を打ち、今日一日の平穏を願うのであった。

そんなお藤の姿は、否応《いやおう》なく人の目を惹《ひ》いた。

そうしてお藤が、店の表を整えると、頃合を見ていたように、どっちりと太った、だるまのような風貌の初老の男が、莚《むしろ》を抱えてぬっと店の表に出てくるのである。

この男が店の主《あるじ》で名は吉蔵《きちぞう》、お藤の叔父で、年中袖無し羽織をひっかけて、頭には茶人が被《かぶ》るような頭巾《ずきん》を被り、顔つきや体軀《たいく》には似合わぬ粋人の装いをしている名物男、通称『だるま屋の吉』と呼ばれているその人であった。

吉蔵の風情《ふぜい》は別に粋を気取っている訳ではない。その姿はいまさら変えられない長年の吉蔵自身の商標のようなものだった。

袖無しの羽織は、寒さ暑さに脱いだり着たりと対応できるし、頭巾は舞い上が

る土埃から頭髪を汚さぬようにという配慮からだった。

吉蔵は陽がのぼると、この御成道の往来に座り、世上の風説、柳営《りゅうえい》の沙汰、ありとあらゆるこの江戸における出来事をかき集め、日記として記し、さらにはその写しを諸藩や商店などに回覧し、あるいは譲ったりして、その対価を収入としていたのであった。

藩の御留守居役などは、年契約で、定期的に吉蔵の日記を購入してくれた。古本を売るより、こちらの方が利幅は大きかったのである。

だるま吉の情報源は、柳営の人たちや、各藩の御留守居役、藩臣、奉行所の者、商人や町人農民たちまで多彩だった。

他方、この人たちが吉蔵の情報を求めに来る客でもあった。

御成道の吉蔵が座るこの場所は、この世のありとあらゆる話の集合と発信の通り道、いつの頃からかこの一帯は浮世通りとも呼ばれていた。

持ちつ持たれつの商いをこの旅籠町でしてきて三十年、寛政《かんせい》の頃からロシア船、アメリカ船、イギリス船と、なんだかんだと聞いたこともないような外国の船が来航するようになり、なんとなく世情に不安の色が時折顔を出すようになって、店は一層繁盛して、先年には念願の表店《おもてだな》を持つまでになったのである。

ところが吉蔵は姪《めい》っこのお藤を田舎《いなか》から呼び寄せて店を任せ、自分は相変わらず雨や雪に降られるか、野分《のわけ》のような強風に襲われない限り、大通りにでんと大きな体を据えて客を待ち、筆を走らせているのであった。

どこに遊びに行く訳でもなく、酒さえ側《そば》にあれば満足していた。

今日も吉蔵は、ひと当たり周りを見渡すと、莚を店の前の片隅に敷いた。そうしてから店に向かって、

「文七《ぶんしち》……」

と呼ぶ。

「へい、ただいま」

この店でただ一人の使用人、手代の文七が古い素麵《そうめん》箱と薄い布団の敷物を抱えて走り出て来ると、莚の上に置いた。

「ふむ」

吉蔵は布団の上にどっかと座って、素麵箱の中から廉価な黄半紙や硯《すずり》や筆を出し、その箱を横倒しにして机にすると、膝の右横に硯や筆を順序よく並べて置いた。

「おじさま」

お藤が、文七と入れ替わりに走り出て来て、盆に載せた酒の入ったとっくりと湯のみ茶碗を吉蔵の側に置いた。

「飲み過ぎないで下さいね」

早速とっくりに手を伸ばそうとした吉蔵に釘を刺し、お藤は店の中に引き返した。

吉蔵は苦笑して、素麺箱に向かった。

昨日書き残した風聞を書き記す。

『この度、下総国相馬郡《しもうさのくにそうまごおり》藤城《ふじしろ》と申す宿《しゅく》にて八歳の女子、男子を生み候由、かごの者咄《はな》し候……』

この話は、荒川から藤城という地に移り住んで来た一家の、八歳になる女児の腹が膨れはじめ驚いた両親が、よもやみだらな悪戯《いたずら》でもしたのではないかと女児に問いただしたものの、それらしい形跡もない。

そこで医者にも診せたが、医者も首を傾《かし》げるばかり。ところがそうこうしているうちに、いよいよ腹が膨れてきて、とうとう女児は男子を出産、これは天王のもうし子ではないかと騒ぎが大きくなったという話であった。

女の子はまだ髪も伸ばしていない、けし坊主である。

そのけし坊主が赤子を抱いて乳を飲ませていると見物人が押しかけて、茶代として置いていく金が一日二朱とも、銭にして一貫文にもなるとも言われ、おおいに家計を助けているというのである。

近頃の職人の給金でさえ、例えば手当てのいい大工の場合を見てみても、日当は四百七十文あまり、月にして十四貫文ほどである。

月に二両もあれば物価の高いこの江戸でも、酒も飲み、時には物見遊山に出かけても、親子四人が暮らせる額だが、それを月の半分たらずで見物料として稼ぐけし坊主の女の子の話は、吉蔵も大いに興味を持ったのであった。

ひと通りその話を書き連ねると、吉蔵は側のとっくりを取り上げて、碗に酒を注《そそ》いで喉《のど》を潤した。

大きく息をついて、空を見上げる。

よく晴れてはいるが、昨日もそうであったように、今日も風が出てきたようだ。日記に夢中になっていて、大路に砂塵《さじん》が舞い始めたのにも気がつかない吉蔵である。

その吉蔵が、大路に転じた目を止めた。

砂塵の中に、一人の武家が見えた。

武家はすらりとした体軀の、遠目にもわかるような男ぶりで、着流しの両袖から両腕を差し込んでゆったりと歩いて来るその姿には、たとえようもない色気があった。

行き交う女たちの中には、その武家を憧憬の目で振りかえる者もいる。

――伊織《いおり》様……。

吉蔵は、ふっと顔を和《なご》ませて見迎える。

武士の名は秋月《あきづき》伊織といった。

大身の御旗本秋月隼人正《はやとのしょう》忠朗《ただあきら》、柳営では御目付の御役を賜る、泣く子も黙るといわれるその人の弟であった。

御目付といえば、旗本以下、武士を監視観察糾弾する御役目で、老中《ろうじゅう》や将軍にも意見を具申し、殿中を巡視して諸役の勤怠を見回り、評定所《ひょうじょうしょ》裁判にも陪席する、まあ言ってみれば、大変な権力者である。

その秋月家の弟が、なにを思ってか吉蔵の仕事に興味を持ち、今では吉蔵が誰よりも頼りとする見届け人となっていた。

見届け人とは、吉蔵のところに持ち込まれた情報が、正しいのか正しくないのか、はたまたその情報の正体を正しく押さえて、吉蔵に報告する役目である。

通常、こういう仕事をする者を下座見《げざみ》というが、だるま屋では見届け人といっている。

従って見届け人は欲で動く人間では務まらない。

その点伊織は一千石の御旗本の次男坊、金に困ることはないので欲に左右されることもない。

しかも剣術は柳生新陰流《やぎゆうしんかげりゆう》師範の免状を持つほどの腕前である。

吉蔵にとっては、願ってもない助っ人で、一目も二目も伊織には置いていた。

吉蔵を助けてくれる見届け人は、他にも浪人の土屋弦之助《つちやげんのすけ》というだらしないが憎めない性格の御仁と、岡っ引あがりの長吉《ちようきち》という探索に長《た》けた足の早い男がいる。

その二人を束ねてくれているのも伊織であり、今や吉蔵の商売は大きくなった分、またその正確さを期する上でも、伊織なくてはやり遂げられなくなっていた。

しかし当の伊織は、それを笠に着るというでもなく、ただただ、飄々《ひようひよう》として仕事を片づけてくれているのであった。

秋月家の屋敷は、駿河台《するがだい》の表神保町《おもてじんぼうちよう》にある。そのために伊織は、昌平橋《しようへいばし》か筋違橋かのいずれかを渡り、御成道に出て、だるま屋にやって来るのであった。

「これは伊織様」

　吉蔵が酒を飲み干した碗を置いて見上げると、伊織はすぐに莚に片膝ついて腰を落とし、吉蔵に言った。

「火急の用と聞いてきたが……」

「はい……」

　吉蔵は、往来する人々に聞こえぬように、顔を伊織に近づけると、

「伊予国西山藩《いよのくににしやまはん》に一大事でございます」

　くるりと目を丸くして向けた。

「西山藩といえば、三万石の……」

「さようでございます。実は、昔水戸《みと》様から頂戴した家宝の鉄砲を失ったとか……」

「何……話の出所は確かな筋か」

「はい。麴町《こうじまち》に鉄砲武具店を構えている『近江屋《おうみや》』という店がありますが、主とは以前にちょっとした事件で知り合いになりまして……その主が昨夜参りまして、自分にも責任があるからとそう前置き致しましてね……申しますのには、町方や御公儀に知らせる訳にはいかないので、こちらでなんとか調べて貰えないかと

……まあ、そう言うのですよ……むろん内密にという話でございますが……」

吉蔵は、伊織の顔色を窺《うかが》った。

伊織が首を縦に振らなければ、話は一歩も先には進まないのである。

「なるほど……で、弦之助と長吉は来ておるのか」

「土屋様はまもなく見えると存じますが、長吉さんには品川で火事があったようですので、そちらに先に走って貰いました」

「そうか」

と伊織が頷《うなず》いたその時、莚の前に立ち止まった者がいる。

「ちょこっと……おみゃあ様が、だるま屋さんでございますか」

吉蔵に聞いてきたのは、初老の町家の婦人だった。

「はい、さようでございますが」

「倅《せがれ》からおみゃあ様の話を聞いて参りましたが、あたしは尾張国《おわりのくに》の者だがね。この江戸で倅が番頭にまで出世致しまして、物見遊山もかねて先日お江戸に参りましたが、その倅から、深川《ふかがわ》というところでは首が二つもある蛇が見つかって、どえらい騒ぎになったと聞きましてなも」

「はい、確かにそのようなことがございましたな。その時の話をご所望で？」

「いえいえ、そんなことでお江戸の皆さんは驚いているのかと……とろくせゃあ、尾張には首が三つもある、ありがてえ白蛇が出てござると、その話をおみゃあ様にお聞かせしてえと、まあ、そんな風に思いましてね」

と言う。

初老の婦人は、茶飲み相手の事欠く江戸で、絶好の相手を得たとばかりに、舌なめずりしている気配であった。

「それはそれは、是非にもお聞かせ下さいませ。暫時お待ちを……」

吉蔵は、初老の婦人に延に座るように手で差し勧めると、伊織に小声で、

「すみません、伊織様。三つ首の白蛇には勝てません。後はお藤にお聞き下さいませ」

笑みを含んだ眼で店の中を差し、頷いた。

「いや、すまぬ。伜が夏風邪で熱を出したのだ。医者に往診を頼んだりしてな、それで遅くなった、申し訳ない」

店の奥の小座敷で茶を飲んで待っていた伊織の耳に、土屋弦之助のどら声が店の方から聞こえて来た。

どうやらお藤に言い訳をしているらしい。

弦之助が遅れて来るのは今始まったことではなく、その度に言い訳するのだが、こちらにはそれはお見通しだということがわからぬらしい。

「やあやあ、すまぬすまぬ」

一応申し訳なさそうな顔をして、お藤の後ろから酒焼けした顔を出した。背は高く、骨太の体つきだが、よく見ると鍛練《たんれん》している訳ではないから、腹の出っ張りが気にかかる。

「いいのか、倅殿は……」

言い訳とわかっていても、伊織は一応倅の容体を聞いてみる。

「何、多加《たか》が大袈裟すぎるのだ。風邪をひかせたのはお前さまのせいだなどと言い募る。わが女房ながら気が強くて」

弦之助は愚痴ってみせた。

弦之助には、女房多加と男児が一人いる。長屋暮らしだが、自分も含めて家族三人の糊口《ここう》を凌《しの》ぐのは大変らしく、女房の多加はこの店から写本の仕事を貰っていると伊織はお藤から聞いている。

すぐに、お藤の厳しい言葉が弦之助を制す。

「多加様のお話では、こちらでお渡しするお礼のお足の半分近くがお酒に変わってしまうとか。多加様の苦労も考えてあげて下さいませ」

「多加のやつ、そんなことをお藤殿に言っておるのか」

弦之助は思わぬ敵に出くわしたと、舌打ちをしてみせた。

むろんお藤が、自分の一家に愛情を込めて言ってくれていることは承知の上だから、舌打ちしたところで後は苦笑するしかない。

伊織は笑って、

「それじゃあ、お藤殿、始めてくれ」

膝を直してお藤に向いた。

お藤は頷くと、伊織を、そして弦之助を見ながら説明した。

「さて、このたびお願いする筋ですが……」

昨夜遅く、麹町にある鉄砲武具店『近江屋』の主庄兵衛《しょうべえ》が青い顔をして吉蔵を訪ねて来た。

庄兵衛はひと目を避けて、わざわざ夜を待ってやってきたのだと言った。

その庄兵衛の話によれば、七日程前に、西山藩御筒役《おつつやく》から一丁の国友《くにとも》鉄砲の筒掃除を依頼された。

西山藩では毎年、藩主の誕生日を祝って鷹狩りを行うのが恒例となっていて、この時に限って水戸家から拝領した鉄砲を殿様は使用する。

実はこの鉄砲、その昔西山藩の六代様が、水戸様の若君の誕生日を祝い、伊予の山中で捕獲した一際美しい鳴き声の鶯《うぐいす》を贈ったことから、その返礼として、今度は西山藩の七代様誕生日に賜ったものである。

そういう深い縁のある鉄砲だけに、それ以来、西山藩では藩主の誕生日に限って持ち出される家宝の一品である。実際鷹狩りの日に実射することはないのだが、それでも鷹狩りが終われば決まって筒掃除を近江屋に依頼してくるのであった。

恒例では、近江屋に整備に出したその鉄砲を引き取りに来るのは、近江屋が鉄砲を預かってから七日目から十日目の間と暗黙のうちに決まっていた。

鉄砲は特別に作られたものであり、水戸家三《み》つ葵《あおい》の御紋が象眼によって施されていた。

恐れ多い品だけに、近江屋では鉄砲を預かっている間は、厠《かわや》に立つのも気を使う程で、奉公人たちも毎晩二人ずつ店の刀を膝元に置いて、寝ずの番をする。

近江屋では一日も早く引き取りに来てくれるのを願うばかりだが、さりとて引き渡しに手違いがあってはならぬ。近江屋の身代や命にかかわる品とあって、腫れものに触るような気の使い様であった。

それは藩にとっても同じことで、間違いを引き起こさぬ策として、最初に鉄砲を運んで来た供の武士二人のうち、いずれかの武士が、近江屋の預かり証を持参し、それと引き換えに鉄砲を引き取るという約束ができていた。

今年の御筒掃除のお役にたったのは、御筒組頭補佐役狭山《さやま》五郎蔵《ごろぞう》と、平役の柏《かしわ》木《ぎ》七十郎《しちじゅうろう》と名乗る男だった。

近江屋は鉄砲を預かる時に、その二人の顔をすばやく頭に納めていた。狭山五郎蔵は背が低くてがっちりした体格で、唇の異様に厚い、人の良さそうな男だった。

一方の柏木は背が高く、目鼻の整った男だったが、悲しいかな、顔に無数の疱《ほう》瘡《そう》の跡があった。顔立ちのよいぶん、火山の口のようなその疱瘡の跡が顔を台無しにしているようで、同じ男として気の毒だなと、ちらりと近江屋は思ったという。

この度、手入れをした鉄砲を取りに来たのは、その疱瘡の跡のある柏木七十郎だった。

預かってから六日目だった。

近江屋は通年よりも一日早いなと思ったが、鉄砲を持ってきた時の二人のうちの一人が受け取りに来たのである。

しかも柏木七十郎は、本日どうしても鉄砲を拝見したいというお方が藩邸にお見えになることになったと説明し、急なことでもあり、ついうっかり預かり証を持参することを忘れたが、明日にでも届けるから引き渡して貰えぬかと、真剣なまなざしで言ったのである。

その姿を見て、近江屋は疑いの余地を捨てた。

柏木七十郎が、近江屋の店にあったもう一枚の預かり証に拇印を押すことで、その日に急遽《きゆうきよ》引き渡しとなったのである。

ところが翌日になって、預けに来た時のもう一人の武士、狭山五郎蔵がやって来て、蔵の武具一斉の点検をやっているから、あの鉄砲は十日まで預かってほしいと言った。

近江屋はびっくりして、昨日柏木七十郎が取りに来た経緯を告げた。

今度は狭山五郎蔵の方が驚愕《きようがく》した。

狭山五郎蔵はこの時近江屋に、昨日から柏木七十郎は行方知れずになっていると、意外な事実を打ち明けたのである。

鉄砲を持ったまま柏木は逐電《ちくでん》したのか……。

事の重大さに、狭山も近江屋も青ざめた。

柏木はともかくも、水戸家から拝領した鉄砲が戻らなければ、狭山はその責任を問われるし、近江屋もただでは済むまい。

二人は頭を抱えて、ぎりぎりの十日まで、手を尽くして柏木を捜し出そうということになった。

藩邸内の者はおろか、どこにも漏らすことのできない大事件である。

困り果てた近江屋は、それで吉蔵を頼ってきたというのであった。

お藤は、ひと当たり話し終えると、

「そういう訳です。難しい探索ですが、お願いします」

唇をひき締めて、二人を見た。

「話はわかった。で、このたびは手間賃ははずんで頂けるのかの」

弦之助は、あつかましくも、早くも手当てをお藤に聞く。

「そうですね。おじさまにそのようにお願いしておきます」

「それは有り難い。伊織、どうする。柏木とやらが鉄砲を持ち出したのは金を得るためか、あるいは誰かを殺《あや》めるためなのか……俺は質屋骨董《こっとう》屋をまず当たってみようと思うのだが……おい、伊織……」

弦之助は、考え込んでいる伊織の袖をきゅっと引いた。

「ああ……」

伊織は我に返ると、

「おぬしはそうしてくれ。俺は別の方から調べてみる」

慌てて応《こた》えた。

「今日を入れて三日しか猶予はありません。急いで下さい」

お藤が、追い立てるように言った。

二

伊織はだるま屋の表で弦之助と別れると、その足で麻布《あざぶ》の西山藩上屋敷に向かった。

搦手《からめて》から調べるには時間がなかった。

そこで、七十郎の知り合いを装って、正面からぶつかってみようと危うい賭けに出たのである。

一見無謀なやり方のようだが、伊織がそんなことを思いつくには訳があった。

むろんそれは、伊織が知っている一人の男が、確かに柏木七十郎でなければ成り立たない話だが――。

それは今年の春だった。

伊織は嫂《あによめ》華江《はなえ》の供をして亀戸《かめいど》の梅屋敷に梅の花見に行った。

華江は幼友達二人を誘っていた。しかも夕暮れ時の花見であったため、急遽伊織が用心棒となったのだが、その折、亀戸の梅林を照らす雪洞《ぼんぼり》の下で、灯火にけぶる夜の梅を、白い扇子に染筆《せんぴつ》している一人の武士を見た。

その武士のすぐ横隣では、老女が亀戸名物『香り梅干し』などと書き散らした紙を立て、竹籠《たけかご》に入った小袋をつかんで、

「無病息災の香り梅干し」

などと往来の梅見の客に声をかけて売っていた。

去年の、この梅園でとれた梅を漬けた物だという触れ込みで、毎年梅見の頃には梅園のあちらこちらで梅干しが売られるが、たいがいは別のところで収穫された梅を漬け、ここに運んで来ているのだと聞いている。

亀戸の梅園は見渡す限りの梅の海で、毎年相当量の青梅が収穫されるが、しか

し押し寄せる客にその梅干しを売ろうとすると、とてもこの園の梅だけでは足りないのであった。

ただ人々は、そんなことは百も承知で、この場所で出会った縁起物の梅干しとして買って行くのであった。

ところがこの日は、酔っ払った町人の若者三人に、梅干し売りの婆さんが絡まれた。

「婆さん、俺たちは騙《だま》されねえぜ。本当のところは、そいつはここの梅じゃねえんだろ……ん、客を騙して売ってやがるんだろ」

若者たちは、さも自分たちが騙《かた》りを正しているのだといわんばかりに、老婆を突き飛ばした。

竹籠をひっくり返して、小袋の梅干しを踏んづけた。

「止《や》めておくれ……一年間、手塩にかけて漬けた梅だよ。あたしゃこれで食べてんだから」

婆さんは小袋に覆いかぶさるようにして懇願した。

だが若者たちは、

「だとよ……」

などとへらへら笑って、

「偽もの売って、すみませんでしたと謝ってみな。でなきゃとっとと消え失《う》せろ」

婆さんの尻を蹴った。

その時だった。

「待て。おまえたち、こんな年寄りになんて酷《ひど》いことをするんだ。お前たちこそ謝るのだ」

絵を描いていた武士が中に入ったのである。

「なんだと……へっ、武士の癖に刀を持つ手に絵筆かよ……そんななまくら武士が、えらそうなことを言うんじゃねえ」

いきなり武士は、若者の一人に鉄拳を食らった。

「何をする」

武士は起き上がるが、けっして腰の刀には手をかけなかった。

若者三人に素手で向かった。

わらわらと見物人が寄って来る。

その大衆の面前で、武士はたちまちのうちに若者たちに囲まれて、殴られ蹴られして倒された。

「伊織殿……」

遠巻きにして見ていた華江が伊織を促《うなが》した。

伊織も華江に促されるより一足早く飛び出していた。

よっぱらいの若者三人をあっという間に蹴散らして、婆さんを助け起こしたのだが、その時、その武士は伊予国の者で柏木という者だと名乗り、梅花の絵を描いた扇子一本を伊織にくれたのである。

その武士が人懐っこい顔を雪洞の明かりに映した時、顔に無数の疱瘡の跡のあったことを、伊織は思い出したのであった。

人相風体《ふうてい》と、扇子に梅を描くというその風流が、どう見てもそぐわない男だった。それだけに、強く印象に残っていたのである。

まさかとは思いながら、伊織はあの時の柏木こそ、西山藩の藩士柏木七十郎ではなかったかと考えているのであった。

だるま屋で、お藤の話に聞き入りながら、一人で思いに耽《ふけ》っていたのは、そういう事情だったのだ。

「柏木という名の、扇子に絵を描く者ですかい……」

西山藩の門番の一人は伊織を怪訝《けげん》な目で見て呟《つぶや》いた。

「御筒役と聞いた記憶があるのだが」

「御筒役で絵を描く者ねえ……」、
門番は相棒に尋ねるような目を向けた。

「おい、あれだよ。ホラ、あばたの……」

相棒は、頬を人差し指でつんつんとつっついた後、鼻で笑った。

「ちげえねえ」

門番はあからさまに嘲《あざけ》るような笑みを浮かべると、

「で、そちら様は、どちらの御家中の秋月様でございますか」

「ハッハッハ……様と呼ばれるほどの者じゃない。冷や飯食いだが怪しい者ではござらぬ。梅屋敷で会った者だと伝えてくれればわかる筈《はず》だ」

伊織はすばやく二人の門番の顔を交互に見た。

しかしまだ怪しむ顔を察知して、

「おおそうだ。少ないが二人で一杯やってくれ」

袖から手を出して、一人の門番の掌《てのひら》に一朱金を握らせた。

「こりゃあどうも……へっへっ、話のわかるお方だぜ。暫時お待ちを」

門番は、相棒に頷いてみせると、門の中に消えた。

まもなくだった。

数人の武士が門番に案内されて走り出てきたが、その者たちはいずれも険しい顔をして門前にずらりと並び、

「帰ってくれ。御筒役に柏木などという者はおらぬ」

伊織はにべもなく追い返された。

――俺の目に狂いはなかった。あの折の武家は、この藩の柏木七十郎だったのだ。しかしあの様子では、この一件、すでに藩邸内では周知のことらしい。

伊織は追い返された西山藩上屋敷を後にしながら、屋敷内に漂っているぴりぴりした雰囲気を敏感に感じ取っていた。

どれほど歩いたか、西山藩の塀が切れ、町並みに入ろうとしたところで、伊織は後ろから呼び止められた。振り返ると、がっちりした体つきだが、背の低い、唇の厚い男が刀の柄《つか》に手をさりげなく置きながら、伊織に近づいて来て立ち止まった。

「貴公がさきほど柏木を訪ねて来られた秋月殿か」

男の声は険しかった。殺気さえ感じられた。

「いかにもそれがしだが」

伊織も厳しい顔で見返して、

「そうか、そちらは狭山殿と申されるのではないかな」

いきなり質《ただ》した。

「何を嗅《か》ぎ回っている。申されよ」

唇の厚い男は足を広げて身構えた。

「まあ待て。俺はだるま屋の者だ。内々に近江屋の意を受けた者だ」

じっと見た。

「近江屋の……まことか」

「一刻を争う事態と聞き、直接柏木という御仁に繋《つな》がる何か、もそっと詳しい話を聞き出せるのではないかと参ったのだが……」

「…………」

「教えてくれぬか。柏木という男が抱えていた事情を……洗いざらい話してくれぬか。さすれば探索のしようもある。まだ間に合うかもしれぬのだ」

伊織はそう前置きすると、この春にあった亀戸での一件を掻《か》い摘《つま》んで話し、その時の武士が柏木七十郎ではなかったかという気がしている、それならばなおさら放ってはおけぬのだと告げた。

「確かに手前は、狭山五郎蔵と申す」

背の低い、唇の厚い西山藩士は、蕎麦《そば》屋の小座敷に上がるとすぐに、自分は狭山だと名乗った。

小座敷といっても、衝立《ついたて》で区切っただけの座敷である。しかしそれでも、内密の話をするには、腰掛けよりはいい。

八ツを過ぎていて、店には老人が一人、片隅で蕎麦を食べているぐらいで、他に客の姿はなかったが、狭山は用心深かった。

店の女にも、注文した蕎麦を運んで来た時、しばらく近づかないように言い含めた。

そうして狭山は、改めて伊織に向くと、このまま柏木も見つからず、鉄砲も戻ってこなければ、武士としてのけじめをつけるつもりだと告白した。

その上で狭山は、

「柏木には藩を出奔《しゅつぽん》する事情があったのです。もっと早く気づくべきでした」

と苦々しい顔をした。

「柏木殿には、誰か恨みにでも思う者がいたのですか」

「いや、好いた女子《おなご》がいました……」

「女子……」

「秋月殿、柏木は女子に狂って尋常な勤めができなくなりましてね、それで国に帰されることに決まっていたのですよ」

「ほう……」

「女の歓心を買うために藩内でも相当借金をしているのが発覚致しまして、とにかく心ここにあらずという有様でした……秋月殿が亀戸で会った時に描いていた絵も、おそらくそれを売って金を作ろうとしていたに違いありません」

「てっきり風流を楽しんでいるように見えたのだが」

「江戸藩邸に勤める者には、定府《じょうふ》、江戸詰めおしなべて三割増しの手当てがつきます。柏木は定府勤めになって五年になりますから、堅実に生活をしていれば多少の小金を貯めていてもよさそうなものなのに、それをああして内職までして、女に渡す金を作っていたのですよ」

「国には家族はいないのですか」

「おふくろさんが一人います。しかし、おふくろさんには別途で食い扶持《ぶち》は支給されているのです」

「ほう……随分結構な扱いじゃないか」

「柏木の家は代々の鉄砲指南でしたから、亡くなった親父殿の功績が買われて手当ても特別だったのです。柏木自身は今は平役ですが、先々組頭にもなる家柄……それを、女一人でこんなことになろうとは、げに恐ろしきものは女ということでしょうか」

「どんな女子です……ご存じですか」

「いえ、知りません。知りませんが、妻になって貰うのだと言いましてね、有頂天になっていた時期もあったのです。しかし、近頃は妙に落ち込んでいましたから、私も心配していた矢先のことでした」

「………」

「実はその女子、植木屋の娘とかいいましてね。そのうち私にも会ってくれないかなどと言っておったんですが……私はよせと言ったのです。国の女ならば相応の武家の娘を娶《めと》れる筈、それを江戸の女の町家の娘だなどと……江戸の女が国表の田舎暮らしが出来るとは思われませんからね。何を血迷っているのかと叱ってやりました」

「では、その女のところに行ったのではありませんか」

「まさかとは思いますが……国に帰れと言われておりますから、その女と心中ということも有り得ないことではない、私はそれを危惧《きぐ》しています」

「女のところ以外に、立ち寄る先はありますか」

「それはありません。大罪を犯して身を寄せるところなど、あろう筈がありません。こちらは、藩につながる出入り商人などには、既に手を打ってあります」

「ふーむ……」

伊織は腕を組んだ。

まずもって雲をつかむような話だと思ったが、柏木の出奔には女が絡んでいることは間違いないように思われた。

それにしても探索の期限がせめて十日もあればと思うのだが、あと三日である。期限を突きつけられている格好の狭山の心底を思うと、気の毒としかいいようがない。

狭山は、苦悩の顔を上げると伊織に言った。

「秋月殿。初めてお会いした貴殿にここまで話さねばならぬ胸中、お察し下され。

恥も外聞もござらぬ。協力頂ければ有り難い」

「むろんそのつもりで参っている」

「かたじけない。実は私は七十郎の親父さんには生前世話になっておりまして……つまり私も親父さんから鉄砲指南を受けております。私だけではありません。御筒役の者たちは皆そうです。ですから、心のうちではなんとか助けてやりたいとは思っているのですが、しかしそれも、期限の日までに鉄砲が戻ってくればの話ですから……」

「…………」

「万が一、期限までに鉄砲を取り戻すことが出来なかったその時には……その時には、柏木一人の問題ではなくなります。私の命だってどうなることやら、むろんのこと藩の行く末も案じられます……」

狭山は、もはや伊織を信用しきって、心の内を吐露したのであった。

三

伊織が御成道に引き返すと、吉蔵の側に座り込んでいる町人が見えた。

──長吉……。

見届け人の一人、先年まで岡っ引をしていた長吉である。

小柄で細身の長吉の体には、全身にぬかりのない神経を走らせているような俊敏さが感じられる。後ろ姿でも伊織にはすぐにわかった。

伊織は斜陽を踏んで、二人のいる店先に急いだ。

箱看板の行灯《あんどん》に灯が入る頃になると、吉蔵は一日の外での仕事を終えるのである。

「長吉、帰ってきたのか」

伊織が近づいて声をかけるより早く、長吉が振り返った。

「品川の火事はてえした火事ではございませんでした。それより伊織様、柏木某《なにがし》とおっしゃるお方でございますが、あっしも品川からけえったあと、少し調べてみたのです。すると妙な話を耳にしたものですから、今吉蔵の親父さんに話していたところでございやす」

「ほう、早速何かつかんできたらしいな。して何だ。女のことか、金にまつわる話か」

「恐れ入りやす。田舎侍がこの江戸で失敗するのは、旦那のご指摘の通り女か金か、相場は決まっておりやすから、あっしは金貸しを当たってみました」

「なるほど……俺も女がいるらしいというところまでは聞き出したのだが、それまでだ」

「そうですかい。まず金の方でございますが、あっしが調べたところでは、神田《かんだ》の三崎屋《みさきや》から五両借りておりやした。田舎侍がこの江戸で五両もの金を担保なしに借りるというのはたいへんなことです。第一信用がありませんからね。いつ国に帰るとも限らないのですから、それを柏木は女連れで訪ねて行って、この者が俺が借金をしたという証人だと、そう言ったそうでございます。証人といったって、返済が滞った時に始末をつけてくれる訳じゃねえ。しかし三崎屋は、面倒なことから免れたいばっかりに、五両の金を融通してやったようです。その時連れていた女がおかねという女でして」

「おかね……」

「へい……その娘は、植木屋『千成屋《せんなりや》』の松五郎《まつごろう》の娘だと言ったそうです。千成屋の娘ならばと、三崎屋も金を貸したようですが」

「千成屋というのは、随分信用があるようだな」

「武家や商家ばかりに出入りする植木屋のようです。ところが三崎屋のいうことには、柏木というお人は一度も利子さえ入れてくれていない。それで西山藩に訴え出たということでした」

「いつの話だ」

「金を融通したのは半年も前らしいのですが、西山藩に訴え出たのはつい最近、半月ほど前のようでした」

「伊織様……」

そこまでじっと耳を傾けていた吉蔵が、顔を上げた。

「柏木というお方の借金ですが、それだけではございません。土屋様が調べて下さったところでは、あちらこちらの質屋に、合わせて三十五両もの借金がございました。調べればまだまだ借金があるのかもしれません」

「ふーむ」

伊織は借金の話は、西山藩の狭山という武家からも聞いていた。

いろいろと考え合わせてみると、柏木は借金を藩邸の内でも外でもしていたことになる。

しかもそれが、相当な額にのぼることがわかった。

吉蔵は、話を続けた。

「私が不思議に思いますのは、なぜ葵の御紋の入った鉄砲を持ち出したのかということです。例えばですよ、女と心中するのならば、鉄砲でなくとも出来る訳でしょう。むしろ小刀の方がやりやすい。また借金の穴埋めにどこかの質屋か骨董屋に売り飛ばすといっても、おいそれと、そんな恐れ多い御紋の入った鉄砲を買い取る店があるとは思われません。誰かに知れれば、譲り受けた者だってお咎《とが》めを受けることになりますからな」

「吉蔵、それだが、御紋入りの鉄砲を持ち出す理由としてひとつだけ考えられるのは、主家に恨みがある場合だ。主家に恥をかかせる手段としては拝領の鉄砲は格好の代物だ」

伊織の頭の中にも、なぜ御紋入りの鉄砲なのかという思いがずっとあったが、吉蔵の話を聞いていて、ふとそう思ったのであった。

「しかし伊織様。柏木というお人は、別に主家に恨みがあった訳ではないのでございましょ。国に帰れと言われたのは自分のせいなんですから、主家を恨むことなど出来る筈がない」

伊織は吉蔵の言う通りだと思った。

江戸では十里四方は鉄砲を撃つことは許されていない。もし撃てばお咎めを受ける。

鉄砲は女とともに江戸への出入りを厳しく監視されている。幕府は開府以来、鉄砲については特別の監視体制をとってきていた。

国に争いがなければ、鉄砲を使用する必要はないからである。

鉄砲はもはや参勤交替の折、供ぞろえとして沿道の大衆にみせるためだけの物になっていた。

だから未《いま》だに、鉄砲は種子島《たねがしま》と呼ばれていて、火縄銃だった。随分と改良されているとはいえ火縄銃は火縄銃、撃つ場合は点火してからひと呼吸の間が必要である。

近頃になって、鉄砲鍛冶《かじ》師の国友一寛斎《いっかんさい》が空気銃を作ったらしいことは兄を通じて伊織も知っている。だがそれとて、近くで対峙《たいじ》しての殺し合いなら、刀の方が有利ではないかと考える。

ただ、遠くから狙うのならば鉄砲は有効だ。しかしその場合は相当の腕を要する。

柏木の場合は父親が鉄砲師範ということだから、腕に覚えはあるのだろうが、梅屋敷で見た柏木の姿は、とてもむやみに鉄砲をぶっ放すような、そんな向こう見ずな男には見えなかった。

「伊織様……いずれにしても、柏木という御仁、もはやおかねというところ以外には、立ち寄るところはないように思われますが……」

吉蔵はそう言うと、暗くなりはじめた往来に気づいたのか、素麺箱の中に硯や紙をしまい始めた。

お藤が出て来て、箱看板の中に灯をともした。

往来を箱看板の灯が照らす。

看板の『古本売買　御書物処』の墨字が、看板の障子の中にくっきりと浮き出てみえた。

灯がともった途端、往来には既にもう、夜が忍び入っていたことが知れた。

「おじさま、お話は中でなさって下さいませ。こんなに暗くなっているのに、ほんとに困った人……伊織様も長吉さんも、どうぞお店の方に……」

お藤は吉蔵に、母親か姉が言い聞かせるような口調で言い、伊織たちには苦笑してみせた。

話に熱中すると、吉蔵は我を忘れる人である。

お藤は、吉蔵の体を案じているから口煩《くちうるさ》い。

「いや、もう、話は終わったのだ」

伊織は言い、灯に照らされたお藤の顔を見た。白い顔に引いた紅が潤いのある輝きをみせていた。

――なぜこのだるまのような男に、この姪っこが……。

伊織は二人の取り合わせがおかしくて、お藤と吉蔵を交互に見遣《みや》った。


「伊織様……」

長吉は、目の先にある出合い茶屋『花菱《はなびし》』を目顔で差した。

茶屋は不忍池《しのばずのいけ》にある弁天島《べんてんじま》に、島を取り巻くように建っている出合い茶屋の一つであったが、そこに植木屋千成屋の娘おかねが、今暖簾をくぐって入って行くところだった。

「真っ昼間から堂々と……まったく近頃の娘はどうなってるんですかね」

長吉は舌打ちして、おかねが暖簾の中に消えるのを見届けると、

「出て来るまでには一刻《とき》はかかりやすでしょうな。伊織様は蓮飯《はすめし》でも召し上がってきて下さいまし」

後ろを振り返って、軒に置いた飯釜から白い湯気のたっている茶屋を差した。

蓮の飯を炊く香りは、先ほどから二人の鼻孔をくすぐっていた。

不忍池は蓮の花のまっさかりである。

この頃の、御府内を紹介する歳時記を繙《ひもと》いても、その紹介文には『不忍池は江戸第一の蓮池なり。夏月に至れば荷葉累々として水上に蕃衍《はんえん》し、花は紅白色をまじえ、芬々《ふんぷん》人を襲う。蓮を愛するの輩《ともがら》、しののめを殊更の清観とす』とあるように、この世の極楽を見るようだと、まだ明け切れぬ頃から花見の客が押し寄せる。

蓮の池に囲まれている弁天島は、さしずめ仏の花の中心に居るような按配《あんばい》であった。

しかしそういった場所に、男と女が秘密のいっときを過ごす出合い茶屋がひしめき合っている。

長寿やこの世の幸せを願って弁財天に手を合わせたその足で、密《ひそ》かに隠微な男と女の交わりを求めるという、人の営みの表と裏を、この小さな島でさえ思い知らされるのであった。

ところがそこに、まだ娘である筈のおかねが躊躇《ちゅうちょ》するでもなく平然と入って行ったのである。

長吉は眉をひそめて見送ったが、

――しかしこれで、柏木を捕まえることが出来る。

伊織はそう思った。いささかほっとしている。

伊織が西山藩を訪ねて狭山と会ったのは昨日のこと、柏木の探索は後二日の猶予となっていた。

そこで早朝から、伊織と長吉は船河原町《ふながわらまち》にある植木屋千成屋を張っていたのである。

柏木七十郎がおかねに繋ぎを取ってくるに違いないと踏んだからだが、はたしておかねは、昼前に風呂敷包みを抱えて出てきたのであった。

――柏木から呼び出しがかかっていたか。

伊織と長吉が、凭《もた》れていた板塀から体を起こすと、

「お師匠さんによろしく言っておくれ」

おかねを送り出した母親は、そう言ったのである。

なんだ、稽古ごとに行くのかと思ったが、二人はおかねを尾《つ》けた。

するとどうだろう。あろうことか、おかねはお稽古どころか、まっすぐに不忍池にやって来て、弁天島への石橋を渡り、この出合い茶屋に直行したのであった。

伊織も長吉もそういう訳で、昼食はまだ摂《と》っていなかった。

先程八ツの鐘を聞いているから、腹が空いているのは長吉も同じの筈だった。

「それじゃあお前が先に食べてこい」

「いえ、あっしは女房がむすびを一つ、用心のために持たせてくれておりますから」

長吉は懐を叩いて笑みを見せた。

「用心のいい奴だな」

「へい、どうも……持ってけって聞かないものですから、相すみません」

長吉は、嬉しそうな顔をしてみせた。

「謝ることはない。お前には勿体《もったい》ない女房殿だな」

「おっしゃる通りで……」

長吉は、臆面もなく言い、苦笑いして頭に手をやった。

長吉の女房はおときというのだが、柳橋の南袂《たもと》で居酒屋『らくらく亭』を営んでいる。

くるくると働き、気配りの届くよく出来た女で、長吉がかつて北町奉行所から十手《じって》を預かっていた時から、その内助の功は知れ渡っていたというが、伊織が見てもなるほどと思える女である。

訳あって十手を返した長吉は、しばらくはおときの店の手助けをしていたが、探索好きの血が騒いだのか、だるま屋吉蔵の見届け人となったのである。

「わかった。それじゃあそうしよう。すぐに戻る」

「いえ、ごゆっくり……何かありましたら、お知らせ致しやす」

長吉は「ピーチュル、ピーチュル」と、小さく鳴いてみせた。

鳥の鳴き真似は長吉の御家芸で、いざという時にはこの鳴き真似で仲間に知らせることになっていた。

「うむ……」

伊織は笑ってそこを離れた。

茶屋で蓮の葉に包んだ蓮飯を食し、腹ごなしに天龍橋《てんりゅうばし》に立った。

天龍橋は、不忍池の岸と弁天島を結ぶ道の中ほどにある、太鼓橋のように反り上がった橋である。

池を行き来する舟は、この橋の下をくぐりぬけるようになっているのだが、伊織が橋の上に立ったその時も、ちょうど一艘の舟が舳先《へさき》からゆったりと出てきたところだった。

舟は蓮舟だった。

蓮舟とは、蓮の葉を摘むための舟のことで、蓮の葉は芳香が強く、この辺りの茶屋や料理屋ではそれを利用して、食べ物を盛ったり包んだりするのに重宝していた。

――あの時も蓮舟を見た。

伊織は、目の下を過ぎていく蓮舟に乗った若い母親と幼い男児を見て、そう思った。

母親は蓮舟を巧みにあやつりながら、細工を施した棒の先で、蓮の葉の茎を切り、舟の中に収穫しているのだが、男児の方はその様子をじっと、飽きもせず見ているのであった。

何も言葉を交わさずとも、母と子は、人には知れぬ深い絆《きずな》を紡《つむ》いでいるように見えた。

思わず胸の熱くなるのを覚えた伊織は、この同じ場所で、同じような光景を見たのを思い出したのだ。

随分昔の話だが、伊織は母と二人でこの場所に立ったことがあった。

何かの用事で外出した帰りに弁天島に立ち寄ったのだが、その時もこの橋の下から蓮舟が現れてびっくりした。

年老いた爺さんが舟をあやつり、触先には赤い着物に黄色の帯を締めた、まだ年端もいかぬ可愛い女の子が乗っていた。

女の子は右手も左手も舟の縁《へり》をしっかりつかんでいて、舟底に両足を踏ん張っていた。橋の上からは、踏ん張っている足元の、赤い鼻緒の草鞋《わらじ》までよく見えた。

女の子はしきりに爺さんにしゃべりかけながら、爺さんが摘んだ蓮を、綺麗に重ねて舟の底に積み上げていた。

年老いた爺さんと、幼い女児が懸命に働く姿は、子供だった伊織の胸を打った。

その時だった。母が蓮舟を目で追いながら、伊織に静かに言ったのである。

「伊織殿、そなたは秋月家の次男です。忠朗殿は長男ですからいずれ家督を継ぐお役も頂く御身ですが、あなたはそうではありません。ですからこの世の中は武家の社会ばかりではないということを……御法では守ってもらえない弱い立場の人間がいるということを知ってほしいと思います。武家も人なら町人も人、農民も女もみな同じ人間です。この世を支えているのは、みなあのような人たちだということを……」

母は確かにそう言った。

そういえば、あの時伊織は十二歳だった。

母がなぜそのような話をしたのかはその折にはわからなかったが、後で母が亡くなったとき、母は後妻で、裕福だとはいえ町人の出であったことを知り、謎が解けたような思いをしたことがある。

父の先妻には子がいなかったため、兄も伊織も母の子だが、母は冷や飯食いと揶揄《やゆ》される武家の次男に、世の中を柔軟に見て、どこにあっても人間らしく生きることの大切さを教えてくれていたのかもしれぬ。

今になって思えば、こうしてだるま屋の見届け人として仕事を手伝っているのも、あの折の母の言葉が、どこか体の深いところにあるからかもしれない。

伊織は懐かしむ目で、移動していく蓮舟を見送りながら、つい感傷的になった自分に苦笑した。

思い出を覚めさせたのは、女の泣き声だった。

振り向くと、橋の上で着流しの男に必死に訴えている女が目に留まった。

女の様子から、かつては二人の間にあった濃密な関係が窺い知れたが、冷たく女を見下ろしている男の表情からは、もう既に女への何の感情もなく、男は女に別れ話でもしているようだった。

——哀訴しているようなこの女の痛ましげな姿に比べると、あの女は……。

伊織は、先ほど出合い茶屋に入って行ったおかねのことを思い出していた。今茶屋で会っている男が柏木ならば、状況は切羽詰まっている筈である。それを、あの能天気な様子では……柏木は女を見る目を誤ったとしか思えぬ。

ピーチュル、ピーチュル。

長吉の鳥の鳴き真似が聞こえてきた。

伊織が急ぎ弁天島に引き返すと、

「旦那……」

長吉が鋭い視線を花菱に向けた。

おかねが武家の男と出てきたところだった。

──違う。

伊織は、その武家が柏木でないことを知り、愕然《がくぜん》とした。

「あの男は柏木ではない」

「なんですって……」

長吉は驚きの声を上げ、ちらりと伊織に視線を投げたが、おかねと武家が距離を徐々に離しながら歩いて行くのを見届けると、

「武家の方を尾けてみます。どこのどなたさんか、確かめて参りやす」

長吉は、すいすいと何人かを追い越すと、その武家の後ろにぴたりとついた。

そんな長吉に気づきもしないで、おかねは長吉の背中を見て、前を急いでいる。

白い腕を袖から出して、襟足の後れ毛を整えながら腰を振って歩くおかねの後ろ姿は、あんまり見続けていたいような景色ではなかった。

伊織はおかねが石の路を渡り切って、鳥居を出たところで声をかけた。

「千成屋のおかねだな」

おかねはぎょっとした顔をして振り返った。

「聞きたいことがあるのだが。柏木七十郎のことだ」

「あんた誰……あの人とどういう関係があるのさ」

おかねは、蓮っぱな物言いをした。

しかし顔はこわ張っていて、後ろに下がりながら警戒の目を向けている。

おかねにとって柏木という名は、どうやらもう、触れられたくもない忌み物になっているようだった。

嫌悪の思いが、その表情にありありと見えた。

「柏木七十郎はどこにいる……知らないのか」

「知りませんよ、余所《よそ》をあたって下さいな」

いい加減な返事をして、踵《きびす》を返そうとしたおかねの前に、伊織は先回りして待ったをかけた。

「何するんだい……あたしが何したっていうの。どいてよ、人を呼びますよ」

おかねはわめく。

「なるほど、知らないといいながら、その態度はなんだ……。何があったのだ。正直に話さぬと後悔するぞ」

伊織が強い調子で言い、睨み据えると、おかねはようやく観念したらしく、

「何を聞きたいかしりませんが、私あの人とは別れましたから……」

と言う。

「別れた……いつのことだ」

「昨日です」

「何、昨日柏木と別れて、今日はもう別の男と会っていたのか」

「だって私、お金のない人、嫌いですから……」

「柏木のことを言っているのだな」

伊織は啞然《あぜん》として、おかねを見た。

「そうよ、いけませんか。それに、田舎に一緒に行ってくれなどと、とんでもな

いことをいうんだもの。私はね、あの人がこの江戸にいる間の、退屈しのぎのお相手をしてあげようと思っただけよ。誰があんなあばた面……」

「何……おかね、今なんと言った」

「だから、あばた面だって……」

「人には言っていいことと悪いことがあるぞ」

「だって本当のことだもの。それを、逆恨みして、お前を殺してやるなんて、ぶるぶる震えて……」

「そうか、柏木はそんなことを言っていたのか」

「あの人に、人を殺す勇気なんてあるもんですか」

「いや、柏木は藩邸から鉄砲を持ち出しているぞ。お前がそんなに冷たいんじゃあ、お前を殺そうとして持ち出したのかもしれんな。気をつけた方がいいぞ」

伊織は脅しをかけてやった。

おかねは真っ青な顔をして、

「まさか……」

「奴は藩を追われているのだ。賭けに出たのだ。ところがお前に冷たくされて、そういうことならいつ逆上して襲ってくるかもしれぬということだ。お前も覚悟した方がいいかもしれぬな」

「………」

「今更だが、あんまり男を手玉にとらぬ方が身のためだぞ」

伊織は、あの、人の良さそうな柏木七十郎が、どうしてこんな女に夢中になったのかと胸が悪くなる思いであった。

四

「おかね……」

柏木七十郎は、遠くに花火の砕ける音を聞きながら、黒い川面《かわも》を睨んで憎々しげに呟いた。

七十郎は、昨夜から和泉橋《いずみばし》の橋下をねぐらにしている。

何故《なぜ》、こんなことになってしまったのかを、ずっとこの、人の目の届かない場所で考えていた。

思い返せば、おかねに会ったのは昨年の秋だった。

向嶋《むこうじま》の川の堤で、萩の花を描いていた七十郎の絵を、はしゃいだような感嘆の声を上げて手に取ったのが、おかねだった。

「お武家様、その絵は譲って頂けないのでしょうか。是非是非……」

おかねは名を名乗って、七十郎に両手を合わせた。

七十郎は迷った。

国には年老いた母がいる。

その母に、江戸の四季や風俗を、せっせと七十郎は描き送っていたのである。

絵を描いているのは人に見せるためのものではなく、まして売るつもりもなく、暇潰《ひまつぶ》しに母に送る便りでしかなかった。

しかし、目の前の美しい江戸の娘が、手を合わせて頼んでいる。

女に縁のない七十郎には、思いがけない出来事だった。

「このような絵でよろしければ……」

七十郎は、頷いた。

「嬉しい……ありがとうございます」

おかねは、飛び上がらんばかりに喜ぶと、七十郎の側にむせるようないい匂いをさせてしゃがみこんできた。

その時の光景は、昨日目をつり上げて下品な言葉で七十郎を罵倒《ばとう》したおかねとは、まるで別人だった。

あの時、おかねに初めて会った時、七十郎は鼻孔をくすぐるおかねの香りに酔った。

香りだけじゃない。しぐさ一つをとってみても、江戸の女はなんと優美なことよと、七十郎はおかねを眺めてそう思ったのである。

差し出した手の白さ、絵を見つめる時に垣間見《かいまみ》えた襟足のなまめかしさ、なにもかもが天女のように思えたのである。

なにしろ七十郎は、江戸の女と言葉を交わしたのは、この時が初めてだった。夢心地だった。

一期一会という言葉があるが、再び巡り合うこともあるまいと思っていたのに、七十郎が写生をする場所に、おかねが顔を出すようになったのはまもなくのこと、やがて二人は忍び逢う仲になっていた。

忍び逢うと言っても、おかねが七十郎に肌を許したのは一回こっきり、しかしそのことがかえって七十郎を夢中にさせた。

――いつかは存分に俺の腕に抱くことが出来る……そうだ、妻にすればいいのだ。

様々に想像するだけで、七十郎は幸せで目がくらむようだった。

幼い頃に疱瘡を患って顔に無数の跡を残した七十郎は、その時から人前に出るのさえ嫌だった。

手習いに行っても、剣術の道場に行っても、いつも白い目で見られていると感じていた。

何かにつけて、皆に疎《うと》んじられて除《の》け者にされていると感じていた。

父親が鉄砲指南だったため、あからさまに七十郎に蔑視した言葉を投げてくる者はいなかったが、自分に向けてくる視線を見れば物いわずとも七十郎にはわかっていた。

そんな七十郎を、黙って、優しい目で支え続けてくれたのが、ただ一人母親だったのである。

「顔にある跡を気にすることはありません。母は思います。七十郎殿は父上様より、ずっといい男ぶりですよ。男はここですからね」

母は胸を叩いてみせた。

その母が、義理の母だと知ったのは、父が亡くなる直前だった。

「いつかは知ることになろうから言っておくが、母はお前の実の母ではない。しかし、実の母以上にお前を慈しんでくれた恩を忘れてはならぬ。母を頼むぞ」

父はそう言い残して死んだ。

七十郎は父の死を悲しんで泣き、母の愛の深さを知って泣いた。

七十郎の胸にはこの時から、自分を馬鹿にしてきた者たちを、きっと見返してやりたいという気持ちが生まれたのである。

それは、地道にこつこつと勤め上げ、職務の上での成功者となることだった。

しかし、おかねと深い仲になってそんな考えはどこかに吹っ飛んだ。

江戸の美しい女を女房にする……そのことは、職務の上で成功するのと同等の価値がある、いや、それ以上のものがあると七十郎は考えたのである。

職務で上にのぼることよりも、こちらの方が仲間は羨《うらや》ましがるに違いない。それでこそ仲間に勝ったといえると思った。

七十郎はおかねに言った。

「俺の知り合いの養女になってくれないか。さすれば祝言があげられる。何、養女といっても形式だけのことだ」

七十郎は、意気揚々と自分の気持ちを伝えたのである。

だがそれを機会に、おかねの態度が変わっていった。

あれが欲しいこれが欲しいと金の無心が多くなった割りには、七十郎の思いをするりするりと躱《かわ》すのだった。

もはや唇を合わせることさえしなくなった。

そのくせ、芝居を見ている最中に、湿った手でそっと指を絡ませてきたりする。

七十郎はますますおかねの歓心を買うことに躍起になった。

おかねにせがまれるままに、あちらに借金をし、こちらに借金をしているうちに、もはや自分の力では返済できないところまで来ていたのである。

そんな時、ある酒屋で旗本前島定之助《まえじまじょうのすけ》の家来だという人物から、主の前島定之助が西山藩に秘蔵されているという種子島を拝ませてもらえたら、十両の礼金を出してもいいと言っていると持ちかけられたのである。

ちょうど鉄砲は筒掃除に出していた。

一日ぐらいなら持ち出しても大丈夫ではないかと七十郎は考えた。

まっとうな藩士のすることではないという思いがチラッと頭をかすめたが、もはやここまで来れば、一分《ぶ》でも金を得ることが先決だと考えたのだ。

七十郎は頭を絞った。

毎年藩邸に鉄砲を引き取るのは、七日から十日の間が慣習となっている。

それより一日早い六日に引き取れば、少なくとも一日の猶予はある。

――よし、それで行こう。

金が欲しい気持ちが先にある七十郎は、酒屋で話しかけてきた男の話を鵜呑《うの》みにした。冷静な人間なら危険を察知したに相違ないが、その時の七十郎は、そんな感覚など既に失っていた。それだけ七十郎は、窮地においこまれていたのである。

ただ、七十郎は鉄砲を前島に渡す時、下谷《したや》の前島の屋敷まで行っている。そして主の前島定之助に会い、直接前島の手に鉄砲を渡し、その引き換えに十両の金を貰って、おかねの所に走ったのである。

「おかね……」

七十郎は嬉々として、おかねの掌にその十両を載せた。するとおかねは、

「あら、手切れ金かしら……」

思いがけない言葉を吐いて、すいと胸元に金を入れたのである。

七十郎にとってその言葉は、突然立ちふさがった壁のようだった。

その壁の高さにやみくもに挑むように七十郎は言った。

「おかね、その金は二人の祝言をあげる金だ」

「止《や》めて下さい、そんな話……諺《ことわざ》では『あばたも笑窪《えくぼ》』だっていうけれど……でもあばたはあばたなのよ、笑窪には見えないもの」

「お前は……」

七十郎は怒りに任せて、刀の柄頭に手を添えた。

するとおかねは、

「そんなことしか出来ないの。腹立ち紛れに町場の女を斬るなんて卑怯《ひきょう》者よ、卑怯者のすることよ」

憎々しげに毒づくと、辺りいっぱいに聞こえるように騒ぎ出したのである。

「ひ、人殺し……。誰か、誰かー……」

七十郎は、はっと気づいて、人の目を避けるように引き返したのであった。

七十郎の難儀は、更に翌日になって増した。

一日の約束で貸し出した鉄砲を引き取りに行った七十郎は、前島定之助の屋敷の門前で、追い返されてしまったのだ。

「恐れ多くもそんな根も葉もない話を持ち込むなど、騙りでお前を届けるぞ。なんなら、その証拠を出せ」

前島がそう言っているといい、家来たちは、けんもほろろに七十郎の言葉をつっぱねた。

鉄砲などというものは、もともと人に預ける品ではない。

しかも、西山藩の家宝である。

そんな品を貸し借りする証文などあろう筈がなく、さりとて昨日もらった十両は、おかねにそっくり取られてしまっていたのである。

七十郎は前島家の家来たちに、物乞いのように追っ払われて錯乱し、藩にも帰れなくなって、とうとう浮浪者のようになってこの橋下に来たのであった。

腹を切ろうと思ったが、その前に、どうしても鉄砲は藩のためにも、取り戻さなければならないと思った。

七十郎はここにきてようやく、鉄砲を人に貸したことのその愚かさ、軽薄さに初めて気づいたのだった。

間違いなく、辛い目に遭わせてしまう母のことを考えれば、どうしても鉄砲だけは取り戻さなければならなかった。

前島家に盗みに入り、あるいはそこで前島を斬ることになったとしても、鉄砲は取り戻す。そしてそれを藩に届けたところで、おかねを斬り、己も死ぬ。

七十郎はそこまで考えて、ようやく一つの道が見えてきたようなそんな気がしたのであった。

　また、幾連にもなった花火がはじけたようだ。華々しい音が七十郎の胸に迫る。それはまるで、いっときの夢に人生を賭けようとして砕けてしまった己自身を表しているように思えてきた。

「母上……」

　七十郎は思わず呟いた。

　白髪頭の母の姿が脳裏を過《よ》ぎった。

　──母上……お許し下さい。

　七十郎の目に涙が溢《あふ》れ出た。

　馬鹿な息子を育てた母が哀れだった。俺の涙は母に詫びている涙なのだと、七十郎は心の中で叫んでいた。


「昨夜《ゆうべ》のことです。おかねという娘が殺されました」

　吉蔵は大きな目で、伊織と弦之助を見た。

「そうだね、長吉の親分」

　そして、長吉に念を押した。

「へい」

「どこで殺されたのか」

弦之助が畳みかける。

「鉄砲でやられたのか」

弦之助が畳みかける。


「鉄砲です。おかねは鉄砲で撃たれて大川に浮いていたそうです。死体が見つかったのは今朝のことですが、吉原帰りの猪牙舟《ちょきぶね》の船頭が見つけたようです。鉄砲で撃たれたというのは、番屋に運ばれて調べてわかったことですが……」

　吉蔵は険しい表情で言い、

「長吉さん、お二人に少し詳しく説明してあげて下さい」

　長吉に振った。

「わかりました。あっしが今朝、昔の岡っ引仲間から聞いたところでは、おかねは昨夜六ツ過ぎに、ちょっと出てくると言って家を出ています。ところがそのちょっとが、五ツになっても四ツになっても戻って来ねえ。それで両親は娘から話に聞いていた、近頃しつこくつきまとっていた柏木という西山藩の武士がいると奉行所に訴えたらしいのですが、奉行所もそんなことでおいそれとは動けねえ。朝になれば帰って来るんじゃねえかと待っていたところに、死体があがったという知らせが来たという訳なんです」

「ちょっと出てくると言ったおかねが大川に浮いていたのか……しかし随分離れているじゃないか。おかねの家は船河原町だろ」

弦之助は伊織をちらりと見て言った。

「舟だな……」

伊織が言った。

「舟……」

「そうだ。おかねを呼び出した者は、船河原町の河岸から舟で大川に出た。そして頃合を見て、夜の闇の中で、鉄砲で撃ち殺したのだ」

「ちょっと待った。鉄砲の音は……大川の岸なんぞで発砲すれば、誰かが気づく筈だ」

「花火だな……花火の音を利用して発砲したのだ。それで鉄砲の音を消したのだ」

伊織がちらと長吉に視線を流すと、

「あっしの考えも同じです。舟を使えば一足飛びに大川まで行けますし、昨夜はいい天気でした。大川では金の使い道に困っている商人が、どんちゃか花火を上げていたらしいですからね」

「すると、おかねを殺《や》ったのは柏木ということか……まあ、俺が調べたところでは、柏木は町の金貸しに五十両近い借金があったからな。そうまでして貢いだ女の心が変わった。だから鉄砲を持ち出して撃ち殺した……」

そういうことなのかと弦之助は呟いて、

「馬鹿な男……」

苦虫を嚙《か》み潰した。

「しかしなぜ、鉄砲でないといけないんですかね。女一人殺すのは刀で十分、いえ、腕力で殺せます。伊織様も土屋様もいかがです？　女一人殺すために鉄砲を使いますかね……」

吉蔵が言った。吉蔵は一同を見渡すと、

「普通の男なら、無抵抗の無腰の、それも女に鉄砲を撃ち、刀を振り下ろすのは恥ずかしいと思うのではありませんか。それと、殺しに使った鉄砲ですが、西山藩から持ち出した物だという確たるものは今のところ何もありません。そんな風に、殺しと鉄砲を結びつけて考えるのは、この一連の事件を知った者の早合点、そうは思われませんか」

「吉蔵、お前はこの殺しの裏に、何かもっと深い訳があるのじゃないかと、そう言いたいのだな」

伊織が聞いた。

「おっしゃる通りでございますよ。おかねは死にましたから、もう何も聞き出すことは叶《かな》わなくなりましたが、おかねの周辺を調べれば、何か他の理由が見えてくるかもしれません」

「うむ……」

「長吉さんが昨日追っかけていったお武家もその一人かと……おかねと会っていた不忍池の男です」

「そのことですが、なんと旗本三百石の前島定之助というお方の屋敷に入っていったんでございますよ」

「何……旗本で、前島定之助……」

伊織は、不忍池で見た二人の様子を思い出している。

おかねはあの時、柏木と別れたから次の男とつき合っているような口振りだったが、伊織が二人を見た限りでは、つき合い始めてまもない他人行儀など微塵《みじん》もないなれなれしい素振りだった。

それよりもむしろ、相手を知り尽くしたあとの弛緩《しかん》した雰囲気が二人を包んでいた。

要するに二人は、おかねが柏木を袖にしてから初めて通じ合った、出来立ての仲ではないことは確かだった。

そのおかねが、西山藩から持ち出された鉄砲で殺されたとなると、藩も無傷という訳にはいかぬ。

密かに、鉄砲がもとに戻されることを願っていたが、その鉄砲で人が襲われたとなると、下手人が誰であれ、凶器となった鉄砲の持ち主の責任が問われるのは必定。藩は藩士の不祥事だと言い立てて、逃れきれるものではないのである。

——吉蔵が言う通り、今度の事件には得体のしれない何かがある。

「親父さん、出かけてくる」

伊織は刀をつかんで立ち上がった。

「よし、俺も一緒に行こう」

弦之助も刀をつかんで膝を起こした。

「弦之助、おぬしには前島という旗本の屋敷を張ってもらいたい。おかねが殺されたことはもう知れている筈だ……どう出て来るか」

伊織の言葉に、弦之助は刀のこじりを畳に突っ立てると、大きく頷いてみせた。

「西山藩に恨みをもっている御仁はいないか……そういうことですね。はて……そういわれてみましても」

狭山五郎蔵は、伊織の言葉に頭を傾げた。

その顔に青葉の陰が揺らいでいる。

五

西山藩の上屋敷がある麻布あたりは町地は少ない。武家地を田畑が囲んでいるような有様だから、伊織は狭山を近くの小さな神社に誘った。

祠《ほこら》の見える境内《けいだい》の石の上に腰掛けているのだが、風が起きるたびに祠の周りの青葉の枝がゆれ、それが二人の顔や体に模様となって表れた。

伊織が先ほど西山藩を訪ねた時、狭山は配下の者たちと柏木の探索に出かけるところだった。十人ほどを引き連れて、外に走り出てきたところへ、ばったり行き合わせたのであった。

狭山は伊織の顔を見るなり、指揮を配下の一人に任せて、伊織に同道してこの神社について来た。

藩邸からは緊迫したものが窺えたし、あれからあちらこちら探索してまわっているようで、狭山の表情には憔悴《しょうすい》の色が浮かんでいる。

柏木七十郎が妻にと思いをかけていた女に袖にされたことや、その女が昨夜鉄砲で撃たれて死んだことなど、伊織はまず石の上に座るなり狭山に伝えたが、狭山はじっと考えた後、

「あの純情な男が心底尽くした女に袖にされて、殺したいほど憎く思うのは私にはよくわかります。ずっと顔のあばたを気にしていましたからね。しかしだからと言って柏木は、女を鉄砲で撃つようなことはしないと思います。国にいる母のことを思い出せば出来ない筈です。そういえば、その母御から手紙が参っておりまして、私がこの懐に預かっております。この手紙を預かってきた者の話では、母御は目の具合が悪く足元がおぼつかなかったとか……柏木に会って、この手紙を渡してやることが出来ればと、そのような結末であってほしいものだと願っているのです」

狭山は柏木のことを、そう言ったのである。思慮深く懐の深い男だと、伊織は思った。

その狭山に、鉄砲の一件は誰かが西山藩を困らせるために、柏木を利用して仕

組んだものだったのではないかと言い、西山藩に怨恨を持つ者はいないのか、そんな噂を聞いたことはないかなど、伊織は聞いてみた。

狭山は無言で揺れる小枝の一つを眺めながら伊織の話を聞いていたが、俄《にわか》に何かを思い出したのか、顔をこわ張らせて、

「秋月殿……」

伊織を見た。

「何か思い出されたようでござるな」

「これは、我ら御簡役などは後で上役から聞いた話ですが、一年も前のことです。隅田川の、両国の川開きの日のことでござった。秋月殿もご存じの通り、毎年その日は川に無数の舟が繰り出しますが、当家の奥方様も奥の女中たちを引き連れて、川開きを見物に参られました。屋形船を出しましての見物でした。供の者は奥近くに仕える者たちだけという極力少ない供まわりで参ったようなのですが、大川の上でこぜりあいになったそうです」

「……………」

「当日川の中は、武家や商人が出す屋形船や屋根船ばかりではなく、猪牙舟をはじめ、さまざまな見物舟、商い舟が出ますから、船頭がちょっと舵取りを誤れば、

隣の舟と接触することにもなります。特に花火が始まりますと、人々の関心は天にむけられておりますから、船頭ですら手元は疎《おろそ》かになることがあるのです……奥方様が乗った船と隣の船が接触したのは、まさにそれでした。ちょうど橋の下でたゆたっておりましたから、場所を移して花火の見やすい場所へ移動しようとしたところだったようです」

船は大きく揺れて、奥の女中たちは悲鳴を上げた。

同じ様に、賑々《にぎにぎ》しく赤い提灯《ちょうちん》を下げ連ねた隣の船も、移動しようとしたところを接触して大きく揺れた。

その船からは、先ほどから三味線や太鼓が聞こえていたところをみると、芸者たちが多数同席しているようだった。

いずれの船の座敷にも、華やかな衣装を纏《まと》った女たちが妍《けん》を競うように宴を張っていたのであった。

芸者たちが乗った船から、武家数人が外に顔を突き出した。

そしてこちらの船に乗り合わせているのが女たちばかりと見ると、武家の一人が声を荒らげて言ったのである。

「お控え下され。こちらの船が先でござる」

これを聞いた西山藩の奥女中の取締役である藤波《ふじなみ》が、ゆったりと裾《すそ》を捌《さば》いて窓際に寄ると相手の武家を厳しい口調で牽制《けんせい》した。

「無礼な。われらは西山藩の奥方様をご案内申し上げての見物じゃ。そちらこそお下がりなされ」

この言葉に、相手の武家が怒った。

「何を女だてらに……この船は、神君家康公の時代よりその御身近くに仕える御旗本前島定之助様の船、小大名の女連れが、われらより先に参りたいなどと身の程もしらぬ者たちよ」

「ほほほほ……」

奥女中藤波は、扇子で口元を押さえながら声高く笑った。

そして、ぴしゃりと言ったのである。

「なにも知らぬようでございますから申しましょう。われらが殿は三万石とは申しましても、徳川家の御連枝《ごれんし》様でございます。定府の殿様でございますよ。一介の御旗本ごときが、何を世迷《よまよ》い言《ごと》を申されるのか、お黙りなさい。黙って道を開けなされ！」

御連枝と聞いて前島家の者たちも度肝を抜かれた形になった。

大勢の見物人が冷ややかに見守る中、前島家の船は、西山藩の船に先を譲って、臍《ほぞ》を噛んで見送ったのであった。

「狭山殿……相手の船の主ですが、旗本前島定之助というのは真《まこと》ですか」

「はい、そのように聞いております」

「………」

「後でわかったことなのですが、前島家からは、上様の御側室のどなたかのお側に、御右筆《ごゆうひつ》としてあがっておられる方がおいでだとか、今に上様のお手がつくに違いないなどとえらい鼻息だとか……」

「前島定之助……」

伊織は険しい顔をして立ち上がった。

「伊織……」

伊織が前島定之助の屋敷前に走ると、待っていたかのように弦之助が袖を引いた。

その向こう、門前を今素通りする一人の武士を、弦之助は目顔で差した。

「うろんな奴が、何度も行ったり来たりしているのだ」

「何……」

と見た伊織が思わず呟いた。

「柏木……柏木七十郎……」

伊織は飛び出して柏木七十郎を呼び止めた。

「あなたは、亀戸の梅屋敷で会った秋月殿……」

きょとんとしている七十郎に、伊織は矢継ぎ早に問いただした。

「おぬしはここで何をしているのだ。持ち出した鉄砲はどこにあるのだ」

「何者です、秋月殿は。どうして鉄砲のことを知っているのですか」

「いいから来てくれ。弦之助、後の見張りを頼んだぞ」

伊織は七十郎の襟首をつかむようにして、近くの空き地に連れ込んだ。

「時間がないことはわかっている筈だ。俺は鉄砲店の近江屋庄兵衛やおぬしの上役狭山殿からも頼まれてここに来た。そのいきさつについては後で話すが、率直に聞く、鉄砲はどこにやったのだ」

「秋月殿……」

「話せ」

「すまぬ、申し訳ない」

七十郎はがばと地に手をつくと、

「鉄砲は……鉄砲は、前島様に一日拝見の約束で貸したのです」

消え入りそうに言った。

「貸した……それで」

「返して貰おうと訪ねましたが、知らぬ存ぜぬと門前払い……それで、なんとしてでも取り返さねばと、こうして屋敷の前を」

「馬鹿なことを……おぬしは乗せられたのではないか」

「金が欲しかったのです、女に金を無心されて、その金の工面にいきづまって……」

「いいか、俺が思うに、おぬしは最初から狙われていたのだ。鉄砲を持ち出させるためにな」

「まさか……」

「おかねがおぬしに近づいたのも、その目論見《もくろみ》ではなかったのか」

「秋月殿……」

「おぬしは知っていたか……おかねは前島の女だったことを」

「嘘だ」

「嘘じゃない。俺がこの目で確かめているぞ」

「………」

「おぬしは、おかねが前島に心を移したと知って、それで鉄砲でおかねを殺したのじゃないかと疑われているのだ」

「おかねが殺された」

七十郎の総身から、力が抜けていくのが見えた。

「知らなかったのか」

「知らぬ……知らぬどころか、俺は鉄砲など持ってはいない。鉄砲を取り戻したら、それを藩に戻してその後で……」

「おかねを殺して、切腹でもするつもりだったのか」

「秋月殿……」

七十郎は、緊張の糸を突然切られて、泣き伏した。

「いいか、心静かに聞いてくれ」

伊織は七十郎の側に腰を落とすと、揺れているその肩に、今までのいきさつを話して聞かせた。

七十郎も顔を上げると、おかねとの出会いから鉄砲を持ち出すまでのいきさつを、伊織に順を追って話したのであった。

「伊織の旦那……よろしゅうございますか」

　長吉が静かに入って来た。ちらりと柏木に視線を投げると、

「悪いことは出来ねえもんでございますよ。おかね殺しを見ていたという者がおりやして……」

「何……」

「葛西《かさい》の百姓で半蔵《はんぞう》という男ですが……」

　長吉が後ろを振り返って手招くと、男が小走りに近づいて来て頭を下げた。三十半ばの浅黒い男だった。

「この者は、朝のうちは野菜を小料理屋におさめ、その代金で饅頭《まんじゅう》や鮨《すし》などを仕入れ、夕刻近くになると船遊びの客にそれを売っているという働き者なんですがね。実は女房の店にも野菜をおさめてくれておりやして、それであっしに知らせてくれたのですが……」

「そうか。で、おかね殺しをどこで見たのだ」

「平右《へい》衛《え》門町《もんちょう》の東、大川端にある河岸地です。川開きの時にはあそこにも人々が押し寄せますが、近頃は夜になれば暗闇ですから人の影はありやせん。あっしは

あそこの空き地にある小屋で時折休息しては商いに出ているのですが、昨夜も、小屋で花火の上がるのを見ながら一杯やってから帰ろうかと舟を岸につけましたら、見慣れねえ者たちが小屋に入って行くのを見たんでございやす。岸には舟がつけてありやした」

半蔵は恐ろしげな顔をして、伊織を見た。

「思い出すのも恐ろしいのですが、あっしがそろりそろりと小屋に近づきますと、小屋の中には手ぬぐいでさるぐつわされた女が引き据えられておりまして、三人の武家に囲まれておりやした……一人の武家は覆面をしていたのですが、その武家が『やれ』というように合図をすると、なんと、鉄砲を女の胸に当てたのです」

「……………」

「そして、花火が続けて上がるのを待って、女の胸をぶち抜きました……お、女は、声も出さずに倒れました」

半蔵は両耳を抱えるようにして言った。

「伊織様、その覆面をした武家ですが、女が死んだのを確かめてから頭巾を取ってこう言ったというのです。これで前島家の恨みが晴らせるぞ。西山藩が慌てる様を、この目でしかと見てやろうと……」

「その、覆面を取った武家の顔は、白くて、目のつり上がった……ぞっとするように冷てえ顔をした男でした」

半蔵は、ぶるっと身震いして見せた。

「間違いない。私が屋敷で鉄砲を渡したのも、その男だ」

七十郎は両手で拳をつくって立ち上がった。

「待て、どうしようというのだ」

「この上は、あ奴と差し違える」

「馬鹿な……おぬしには手に余る。しばし待て」

伊織は七十郎を制すると、

「俺に考えがある」

そう言って、前方をきっと見た。

六

花火は暮六ツ頃から、舟からも陸からも、ひっきりなしに打ち上げられる。

それも一様ではなく、弾《はじ》けるたびに、その華やかな眩《まぶ》しさといったらない。

音を立てて変幻に散る光は、輝くたびに、大川べりの河岸地に立っている伊織たちの姿を不思議絵のように映し出した。

「俺が鉄砲で人殺しをしたのを見たというのはお前か」

河岸地に入って来た武家はそう言うと、懐から一枚の書状をつかみ出すと、伊織の方に突き出した。

「こんな物で呼び出しおって、何のつもりだ」

光に映し出された男の顔は、紛れもなく、あの不忍池の弁天島でおかねと出合い茶屋から出て来た武家、前島定之助だった。

「いかにも俺だが……」

着流しの裾を風に委《ゆだ》ねながら、泰然として伊織が答える。

だがその眼は、前島の後ろに立っている配下の人影にも、油断なく視線を走らせていた。

前島は、せせらわらうと、

「見てきたような嘘を並べて、貴様、ただではすまんぞ。しかも俺が西山藩の小侍を騙して秘蔵の鉄砲を盗《と》ったなどと……確かな証拠でもあるというのか。出してみろ、話はそれからだ」

「悪あがきはやめろ。おぬしが弁天島でおかねと会っていたのは、この俺自身が見ているのだ。おかねを張っていたからな」

「何……」

前島の顔が、光の中に青く見えた。

「おぬしには西山藩に私恨があった。去年の川開きのことだ。俺が説明するまでもあるまい。そこでかねてからいい仲だったおかねに言い含め、柏木七十郎に接近させ、翻弄《ほんろう》したあげくに、金に困った柏木に近づいて鉄砲を持ち出させたのだ。そうしておいて、何かと知り過ぎたおかねを鉄砲で撃ち殺した。俺の考えでは、おかねを撃った鉄砲は、おそらく西山藩秘蔵の物、理由はどうあれ、水戸家から譲り受けた鉄砲で、しかも御府内で発砲して殺傷したとなれば、西山藩はお咎めを受けるのは必定……そう読んだのだ。しかし気の毒だが罰を受けるのはおぬしのようだな」

「貴様……どこの誰かは知らぬが、俺がどこかの藩の鉄砲などというものは知る訳がない」

その時である。黒い影が躍り出た。

「嘘をつくな。この俺を、まさか忘れたとは言わせぬぞ」

空に炸裂《さくれつ》した花火の光が、男の顔を浮かび上がらせた。

「お前は……」

「柏木七十郎……お前に騙された馬鹿な男だ」

前島は声を殺して笑っていたが、やがてその笑いをぴたりと止めると、つかんでいた書状をぱっと放した。

書状は地上に落ち、這《は》うようにして風に飛ばされて行く。

だがその書状を、闇に待機していた土屋弦之助が拾い上げて、現れた。

花火の余光が、飄然《ひょうぜん》と歩み寄る弦之助を映し、息を呑んで睨み据えている七十郎を映し、泰然と立っている伊織を朱《あけ》の色で染めた。

刹那《せつな》、前島は刀を抜いた。

後ろに控えていた前島の家来たちも、前島の両脇を固めるように刀を抜いた。

「かまわぬ。斬れ」

前島が叫ぶと、配下の一人が伊織めがけて走って来た。

すばやく弦之助が伊織の前に出て叫んだ。

「雑魚《ざこ》は俺たちでやる」

激しく撃ち合う音がして、二人は左右に飛んだ。

「うむ……」

伊織も静かに刀を抜いた。

その目の端に、七十郎がもう一人の配下の一撃を受け、かろうじて受け止めたのが見えた。

「大事ない。柏木は俺が守る」

弦之助の声が飛んで来た。

伊織は前島を睨んで、正眼に構えて立った。

前島は下段に構えて隙を窺っているようだった。

伊織はずいと出た。

その時である。下段の剣を振り上げたと思ったら、前島はすべるように近づいて来て飛び上がった。

光を描いて落ちてきたその斬撃を、伊織が撃ち払った時、前島はすでに後ろに飛んでいた。

――手強《てごわ》い。

と思ったとき、第二の閃光《せんこう》が飛んで来た。

今度は伊織は、こちらから踏み込んだ。剣を合わせると強い力で撥ね返した。

前島は体勢を整えると、右八双に構えて立った。

「うむ……」

伊織は右片手に刀を持って上段に構えると、そのままじわりじわりと間合いを詰めた。

「くそっ」

前島が伊織の右肩に飛び込んで来た。すばやく体を起こした伊織の剣は、前島の剣を撥ね返すと、二度三度と激しく打ち据え、前島の足元が揺らいだのを見て、振り上げたその手元を狙って一撃した。

「うっ……」

前島がのけ反った時、その喉元には、伊織の刀の切っ先がぴたりと当てられていた。

「動けば刺す。刀を放せ」

伊織が押し殺した声で言った。

前島の刀が音を立てて落ちた時、伊織は前島の足を払って体を落とし、その腕を後ろ手にねじ上げていた。

「殺しても飽き足らぬ奴。いまごろおぬしの屋敷には、目付配下の者たちが向かっているぞ」

前島は驚愕した顔で伊織を見上げた。

伊織は弦之助たちのほうに首を回した。

「おとなしくしろ」

弦之助と七十郎が、前島の配下たちを後ろ手に縛っているのが見えた。


「伊織、いるか……」

廊下を激しく踏み締める音が聞こえて来た。

伊織は急いで庭に降りようとしたが、間に合わなかった。

裃《かみしも》姿の兄、秋月隼人正忠朗の姿が、向こうの廊下の角をまがって、伊織が起居する部屋の廊下まで渡って来ていた。

「これは兄上、おはようございます」

「何がおはようだ。朝飯にも顔を出さずに……とにかく入れ」

忠朗は伊織を部屋に戻すと、

「座れ」

伊織が座るより先に命じた。

「わしは忙しい。これから登城せねばならぬ。お前とも一度じっくりと話をせねばならんのだが、話は手短にするぞ。昨夜何をしたのだ」

険しい顔で見据えて来た。

兄は目付である。

定員は十名だが、忠朗は今年上席の本番目付を拝命していた。

目付は評定所の審議に加わり、あらゆる書類の検閲をし、土木、兵事、国防その他、幕政一切の監視をする。京大坂、遠くは長崎までも出張し、あるいは御府内の学問所や普請場を臨検することもある。

殿中にあっては諸役の勤怠を見回り、必要があれば老中や将軍にも意見を具申した。

小刀のこじりが襖《ふすま》に触れたというだけで、下城停止を命じるほどの権限を持っていたし、城内で不測の事態が生じれば、月番老中の登城にまで采配をふるっていたから、その権限は計り知れない。

上は老中からお目見えの旗本まで、その監視糾弾を担っていたから、自身に対しても異常なほどの厳しさがあり、質素倹約を旨として、誰からも模範とされる実直な生活を送っていた。

今年四十の働き盛り、伊織とは年の離れた兄弟だが、そんな兄から弟を見れば、なにもかもがなんとも歯がゆいらしいのである。

滅多に顔を合わせることもないのだが、こうして兄の方から伊織の部屋に足を運んで来る時は、決まって伊織に説教苦言を言うためだった。

伊織は覚悟をして兄の顔を見た。

忠朗が今朝やって来た訳は、昨夜、伊織が長吉に手紙を持たせ、旗本前島定之助の屋敷を臨検するよう城に詰めていた目付に届けを出した、そのことを気にしてのことと思われる。前島の屋敷は直ちに調べられ、水戸家の御紋の入った鉄砲は押収されたと聞いている。

「何をしたのかと聞いておる」

忠朗は厳しい声で、もう一度聞いた。

まるで子供扱いである。伊織はそれが気に食わぬ。

「何かいけないことをしたのでしょうか」

少々挑戦的な物言いになった。

兄の手腕には尊敬やぶさかではないが、今度のことのように、目付の目が届かない非道な旗本がいることをどう心得ているのかという反発が伊織にはあった。

　忠朗は鋭い目を向けて言った。

「いつも言うことだが、お前はわしの弟だということを忘れているのではあるまいな」

「いえ……」

「だったらつつしめ。剣術を更に究めるのもよし、他にもやりたいことはあるだろう。養子に行きたければ希望を述べてみろ」

「有り難いお言葉ではございますが、今のところは私の好きなようにさせて頂きます」

「何……」

「それより兄上、言わずもがなではございますが、昨夜の一件、よろしく御裁断下さいませ」

「お前は、このわしに指図するか」

「まさか……私は兄上のお力をお借りしたいと申しているのです。小さな藩の、僅《わず》かな禄を食《は》む男を騙し、人殺しまでした旗本への御裁断を、浅葱裏《あさぎうら》と馬鹿にされる田舎侍の心情を慮《おもんぱか》って下して頂きたいのです」

「ふん。一人前の口をきくようになったものよの」

忠朗は苦笑した。

「兄上、昨夜のことで申し上げるとしたら、そういうことです。では私はこれにて……」

伊織は立った。

「待て、まだ話は終わってはおらぬ」

苛立《いらだ》ちを含んだ忠朗の声が飛んできた。

その時であった。

「あらあらまあ、ご兄弟で何の密談かと思ったら……殿、もうよろしいではございませんか。伊織殿は伊織殿で、あなた様のお役に立とうと……ねえ、伊織殿、そうでございましょ」

嫂《あによめ》の華江が、着物の裾を引いて廊下にすいと立つと、やんわりと助け舟を出した。

「はあ、まあそういうことで」

華江にあっては、伊織は頭を掻くしかないのである。

「ほらごらんなさいませ。さあさ、お出かけ遊ばせ」

華江は伊織の背をぽんと押す。そしてその顔を忠朗にもどすと、

「あなたもお急ぎ下さいませ。もうお時間がございません」

渋い顔をして座っている忠朗に言った。

伊織は後ろも見ずに屋敷を走り出て、昌平橋を渡り、御成道に出て、だるま屋に向かった。

吉蔵は既に素麺箱の上で書き物を始めていた。

「これは伊織様、昨夜はごくろう様でございました。また一つ後世に残す日記が増えました」

「書くのか、こたびの一件」

「勿論《もちろん》でございます。おや、何をそんなに恐ろしい顔をなさっておられるのでございますかな」

「吉蔵、柏木のあの哀《かな》しみを、どう書くのだ」

「日記は日記でございますから、私の心の赴くままに記したいと存じます」

「吉蔵……」

伊織は、吉蔵が書きかけていた日記を取り上げた。

黄半紙に黒々と踊る筆の跡を追う伊織だったが、その表情が次第に緩み、吉蔵を見た。

吉蔵は頷いて、

「今朝早くに、西山藩の狭山様というお人が参りまして、柏木様の処分は、この江戸を即刻追放、お国にてご謹慎ということでした。まあ、鉄砲も返ってきたことでございますから……」

「それは良かった。で、いつ発《た》つと言っていたのだ」

「もうお発ちになったのではないでしょうか。狭山様のお話によれば、柏木様はおふくろさまの便りを読んで泣いていたそうでございます。その日記にも書いてございますが、柏木様は江戸にご出立の折に、庭に蜜柑《みかん》の苗木を植えてこられたのだそうです。その蜜柑の木に実がなる頃には国に戻って来るとおふくろさまに約束していたようでございます。ところが一年が二年になり、二年が三年になり、定府の勤めになってしまって、蜜柑の苗木のことはすっかり忘れていたようです。それが、この度のお手紙ではその蜜柑に花が咲いたと書いてあったそうです。芳しい香りが漂ってくると……。狭山様のお話では、柏木様のおふくろさまは歳《とし》のせいで目がよく見えなくなっているそうなのですが、そんなおふくろさまが蜜柑だけは枯らしてはならないと、手探りで水遣りをしてきたんじゃないかと、そう申されておりました」

「ふむ……」

「おふくろさまにとって蜜柑の木は、柏木様そのものだったのでございましょうな」

「うむ」

「おっと忘れておりました。柏木様が伊織様にはくれぐれもよしなにと、そう伝えてほしいと申されていたようです。あなた様には身も心も救っていただいたと……」

吉蔵は、南の空を仰いで言った。

伊織も振り仰ぐ。

そこには青く澄んだ空が、どこまでも続いていた。

第二話　麦　笛

一

「あっ」

お藤は、舟に乗り込んできた一行を見て、思わず声を出しそうになった。

それというのも一行は、槍、挟箱持《はさみばこもち》と草履取を召し連れた裃《かみしも》姿のきりりとした武家だったが、なんとその武家が秋月伊織その人だったからである。

伊織は普段は着流しである。改まった伊織の姿は、お藤には別人に見えた。

舟は御厩河岸渡《おんまやがしのわたし》、浅草御米蔵北側から本所の石原町の河岸を往復している隅田川の渡し舟、伊織たち一行は、石原町の河岸を舟が川に乗り出したところで、岸の上から呼び止めて、飛び乗ってきたのであった。

伊織もお藤にすぐに気づいて、にこりと笑みを送ってきたが、二人の間には既に乗り込んでいた客数人が座っていた。

坊さんが一人、職人が一人、前栽《せんざい》売りが一人、羽織袴《はかま》の武士が一人、船頭はその者たちにも出立の合図を送ると、ぐいと棹《さお》を岸辺に突き立て舟を出した。

舟は、陽の光で輝く清流の上を、ゆっくりと動き出した。

しばしのくつろぎが客を包んだ。

すると、前栽売りがきせるを出して、すり袋の火を打ち、旨《うま》そうに一服した。

白い煙はあっという間に川風に飛んでいく。

「火を貸してくれ」

これを見た羽織袴の武士が前栽売りに寄り、おもむろに銀ぎせるを懐から出した。

「どうぞ」

前栽売りは笑みを浮かべて武士に火を分けてやる。

「いや、まことに、この隅田川を渡りながらの一服は、旨いですな」

前栽売りは、仲間に語りかけるように武士に言った。

「うむ」

武士は、旨そうに吸う。

その武士の膨らませた鼻に、大きな黒子《ほくろ》があった。きせるがきらりと光った。雁首《がんくび》から羅宇《ラウ》にかけて施してある竜の細工が見えた。いかにも名のある人の手によるもののようである。

乗り合わせた者たちが見るとはなしに注目して、その高価そうなきせると武士を交互に見た。

武士は胸を張ってひときわ大きく吸い切ると、雁首を舟の縁《へり》に打ちつけて灰を落とした。

刹那、ぐらりと舟が揺れ、するりとそのきせるが川の中にすべり落ちた。

「ああ」

誰かが声を出したが遅かった。

武士も息を呑んで水の中を覗《のぞ》いたようだ。

失望の顔を武士が川面から上げた時、前栽売りが気の毒そうに呟いた。

「勿体ねえことを……すまんことです。あっしが火打をしなければ、お武家様も大切なきせるを落とすこともなかったでしょうに」

「何……もう一度言ってみろ」

突然武士が怒り出した。

「俺がきせるを落とそうが落とすまいが、お前に同情される筋合いではない」

「申し訳ございません。あっしは、あまりに高価なきせるのようでございましたので、気の毒に存じまして申し上げただけのことでございます」

「馬鹿な。きせる一本、なにほどの物でもあるまいに。それを同情するだと……お前は俺を愚弄《ぐろう》するのか。俺がきせる一本に未練たらしく狼狽《ろうばい》しているとでもいうのか、そういうことか」

「いえいえ、そういう意味ではございません」

「いや、そういう意味でお前は言った。聞き捨てならぬ。お前の申しようは武士をあざける不届きなもの、斬ってやる」

武士は声を荒らげて立ち上がった。

大切なきせるを落としたいらだちが、前栽売りに向かったようだ。

「危ないですから、お座りくだせえ」

船頭が声をかけるが、武士は刀に手を遣《や》った。もはやおさまりそうもない気配である。

「待たれよ」

その時鋭い声が飛んだ。伊織だった。

武士は舟の揺れに耐えるように両足を踏ん張ると、伊織に言った。

「余計な口出しは止《よ》してもらおうか」

「そうもいかぬよ」

伊織は座ったままで苦笑を浮かべ、

「先程から聞いていれば、その商人は心底おぬしが銀ぎせるを落としたことを気の毒に思って申したまでのこと、さように立腹致すのは了見違いと存ずるが」

「な、なんだと……おぬしまでそのような。この商人を庇《かば》うのならば、おぬし、俺と立ち合うか、さもなければ、だまらっしゃい」

伊織は、溜め息をついた。そして言った。

「どうしてもとおっしゃるのなら立ち合おう。しかし、ここではまずい。他の者たちに迷惑がかかる」

「わかった。岸に上がって勝負をつけようではないか」

武士は顔を赤くして叫ぶ。

その腰から、紫の房がちらりと覗く。

武士は泣く子も黙る関八州取締出役《とりしまりしゆつやく》と見受けられた。

俗に八州様と呼ばれているお役の者だが、この者たちは、武蔵《むさし》、相模《さがみ》、上野《こうずけ》、下野《しもつけ》、常陸《ひたち》、上総《かずさ》、下総《しもうさ》、安房《あわ》の関八州における御料（幕領）、私料（藩領）、社領ともに踏み込んで、悪事を働いた者を容赦なく取り締まるという権限を与えられた武士である。

乗り合わせたお藤や町人たちは息を呑んだ。

お役の重みはさることながら、悪を捕縛する為に別の悪を利用することを厭《いと》わない、近頃の八州出役の取り締まりは、かえって大きな悪に手を貸すといった結果となり、宿場や村民を困らせているという噂も聞いている。

前栽売りを庇ったために、そんな八州出役と関わりになった伊織が岸に上がればどうなるのかと、お藤はむろんのこと、渡しの舟に乗り合わせた者たちは固唾《かたず》を呑んだ。

——伊織様は剣術の免許をお持ちの腕前……。

お藤の祈るような眼が、平然と座る伊織に注がれる。

しかし、お藤の心配をよそに、伊織は素知らぬ顔をしてゆったりと座している。

その伊織を武士が睨みつけたまま、舟はまもなく隅田川西河岸に着いた。

武士は誰よりも先に勢いよく陸に上がった。

すばやく股立《ももだ》ちを取り、腕をめくり上げ、両足を広げて立ち、鍔元《つばもと》をくつろげて、まだ舟の中に残っている伊織を睨んだ。

そうしている間にも、武士は伊織の姿を鋭い眼でとらえている。

お藤や他の者たちは震えながら次々と岸に上がった。

舟に残ったのは、あの前栽売りの商人と伊織たち一行ばかりとなった。

「臆したか。早く上がれ」

武士は声を荒らげた。

「暫時待たれよ」

伊織は武士に言い置くと、

「お前は舟に残れ、怪我《けが》をするぞ」

前栽売りを舟に止め、肩衣《かたぎぬ》をはらりと払うと、

「槍を持て」

当惑している供の者から槍を受け取り、陸の上の武士を見た。

「ほう、槍とは面白い」

武士がせせら笑ったその時、伊織は槍をつかみ直して石突を岸に立て、ぐいと舟を沖に突き出した。

「やや、卑怯者。逃げるか、待て」

武家は岸の上で地団太《じだんだ》を踏む。

だが後の祭りで、舟は伊織の指示で両国に向けて下って行った。

――伊織様ったら……。

置いてけぼりにされたお藤は呟くが、反面伊織の鮮やかな手並みにほっとしながら、下って行く渡し舟を見送った。


「あの後の八州様ったらなかったんですよ。喧嘩の相手を失って、皆には冷ややかな眼で見られるし、すごすご帰って行きました。さすがは伊織様と、胸のすくような思いを致しましたけど……」

お藤は、おじの吉蔵にそこまで話すと、茶を喫し、

「でも、伊織様は私のことなど知らんぷりなんですもの」

膨れてみせた。

「お藤、伊織様はな、お前と自分が知り合いだとその武家に知れた時、後々どんなことで嫌がらせを受けるかもしれぬと案じられたのだ。だからわざと知らぬふりをなされたのだ」

吉蔵も茶を一口喫して、お藤に言った。

二人はたった今朝食を済ませたばかりである。しかし、ここ二日ばかりお藤が浮かぬ顔をしていたことから、吉蔵は何か心配事でもあるのかと尋ねてみたのだ。するとお藤は、一昨日御厩《おととい》の渡し舟であった事件を話し、その時伊織が自分を避けていたように思えたなどと言い、そのことでずっと気がふさいでいたらしい。

お藤も年頃の娘だと、吉蔵は胸の中でおかしくなった。

「おじさま。おじさまはそうおっしゃいますが、伊織様はお供を引き連れ裃をお召しになっておられましたもの。町娘の私などとは口もききたくなかったのだと思います」

「馬鹿な、伊織様がどんなお方か、お前もよく知っているではないか。兄上の殿様のお使いで、本所のどこかに参られてのことだと思われるが、裃を着けたからといって、冷たい態度をとられるお方ではない。そんなお方なら、この吉蔵の仕事を引き受けては下さらぬ。お前らしくもない」

「だって……」

「実はな、お藤。その話は、昨日の夕刻、店の前に立ち寄った御坊から聞いていたのだ」

「お坊さんが……そういえばお一人、舟に乗り合わせておりました」

「あの御坊は、小石川の松田様というお武家と知り合いでな、松田様を訪ねるためにその舟に乗り合わせたらしいのだ。御坊の話によれば、名は知らぬが、才知溢れる本当の武家に巡り合ったような気がしたとえらく感心されてな、それで私に話してくれたのだ。しかし、まさかそのお武家が伊織様だったとは……しかもだ、お前まで乗り合わせていたとは世間は広いようで狭いものだな」

吉蔵はお藤のふくれ顔を見て、くすりと笑った。

「せっかく、お話ししてあげたのに茶化してばっかり……」

「いやいや、『御厩河岸舟渡の珍事』としてちゃんと日記につけたところだった。そうそう、御坊は言っていたぞ。その舟に、まるであやめのような麗《うるわ》しい町娘が乗っておったとな……」

「おじさま……」

膨れていたお藤の頬に、ぽっとほのかな紅の色がさした。

吉蔵は、やれやれという顔をして、まだ墨の跡も瑞々《みずみず》しい数枚の紙を見せた。

お藤は、素早く目を通すと、笑みを浮かべた。

またあの時の、さっそうとした伊織の姿が、頭を過《よ》ぎったようだった。

その時である。

手代の文七が、慌てて入って来て、膝をついた。

「旦那様、お客様です」

と言う。

「誰だね、こんなに早く……店はもうすぐ開ける。それまで待って貰いなさい」

吉蔵は茶碗を置くと、首を回して文七を見た。

「でも、本を求めに来られたのではありません。どうしても話を聞いてほしいとおっしゃって……」

「話を……」

吉蔵は怪訝な顔をした。

「それも一刻を争う相談だと……お客様は神田の『小松屋《こまつや》』のご亭主で伊助《いすけ》さんという人です」

「小松屋の伊助さん……知らんな」

「神田の花房町《はなぶさちょう》で貸し舟をやっているとか」

「ああ、そういえば……」

筋違御門《すじかいごもん》の外に、そんな看板がかかっていたなと、吉蔵は思い出した。筋違御門ならすぐそこである。しかし面識はなかった。

するると文七が笑って言った。

「旦那様、旦那様はそうでも、あちらの方は有名な『だるま吉の旦那』だとよくご存じで、それで参られたようです。いかが致しましょうか」

「わかった。上にあがって貰っておくれ、すぐに行く」

吉蔵は、文七を店にやると、

「お藤、お茶を頼むよ」

大きな体を起こして茶の間を出た。

表に莚を出すまで待てない話とは何事かと、一抹の不安を抱いて店に出た吉蔵は、しょぼくれて座っている伊助を見て胸が騒いだ。

「これはどうも。あっしは貸し舟屋をやっております、小松屋の伊助と申しやす。こんなに朝早くからすまんことです」

伊助は、土気色になった顔で吉蔵を見た。

四十前後かと思われるが、自身も昔船頭をしていたようで、単衣《ひとえ》の着物の奥には筋肉質の体がおさまっているのが知れた。

だが、吉蔵に挨拶したその顔色は、表から差し込む朝の陽の光とは対照的な、しぼんだ青菜のような生きの悪さだった。

「はて、私になんの相談ですかな」

吉蔵は伊助に向かい合って座った。すると、

「へい。抱え船頭の勘次《かんじ》が舟もろとも消えてしまったんでございますよ」

伊助は、律義者らしく膝をきちんと揃えて言った。その膝に置いたこぶしが、心なしか震えているように見える。

「消えた……いつのことです」

「一昨日夕刻です。まるで神隠しにあったように消えたんでございますよ」

「番屋には届けたのかね」

「届けました。その夜のうちに届けましたが、お役人はおたおたしたって仕方がねえ、ひょっこり帰ってくるかもしれねえなどと悠長なことを……ですからあっしも、それもそうだとその晩はずっと待っておったのです。ところが、勘次が帰ってこねえばかりか、勘次が乗せたお客まで神隠しにあっていたことがわかりゃしてね」

「ほう……それで舟もろとももということですか」

「そうです……こりゃあいったいどうしたことかと思った訳です。それで、この江戸で起こったことならなんでも通じているというこちら様に、似たような話が

あるかもしれない。いや、それがなくても、何か手掛かりになる話があるかもしれないと思いやしてね……」

「はてさて、舟もろとも神隠しにあった話など聞いておりませんな」

伊助は、何か言おうとして開けた口を閉じ、消沈してうなだれた。

だが直ぐに、縋《すが》るような眼で見返すと、

「だるまの旦那、無理を承知でおねげえするんですが、いったい全体、どうしてこんなことが起こったのか、調べて頂けねえものでしょうか」

伊助はそう言うと、自分は神田川の筋違御門近くにある三十間あまりの河岸では一番の貸し舟持ちで、船頭も常時四、五人は待機させていて、舟を出さない日はないのだが、こんなことは初めてだと言い、

「お客さんの安全のためにも是非、何がどうなったのか知りたいのでさ。伊助の舟に乗ったら神隠しにあうなんて評判が立てば、商売はあがったりです。いえいえ、それよりも、一番に案じられるのは、どこに行ってしまったかわからねえお客さんと、勘次の行方です」

吉蔵の顔を窺った。

「しかし、困りましたね。確かにうちには、私の仕事を手伝って下さる方がいる

にはいるが、果たして望み通りに、なにもかもわかるかどうか」

「お願いします。どこに頼むったって他にはねえんでございます。この通りです」

伊助は手をついた。

「おじさま……」

茶を運んで来たお藤も目顔で吉蔵を促した。

吉蔵は、大きく溜め息をつくと、じっと考える眼をしていたが、

「わかりました。それじゃあ出来るだけ、やってみましょう」

頭を下げたままの伊助に言った。

「ありがとうございます」

顔を上げた伊助の頬に、ようやく僅かだが血の色がさしたようだ。

「では、順序だてて話してくれますか」

「へい。ことの始まりは先ほども言いましたように、一昨日のことでございます
……」

伊助の店に、朝の四ツ頃、本郷四丁目の呉服商『中村屋』の甚之助《じんのすけ》と名乗る若者が、舟を貸してほしいとやって来た。

舟は暮六ツまで貸し切りだと言うので、伊助は腕利きの勘次を船頭につけた。

ところが、約束の時刻になっても、勘次の舟は帰って来ない。

暮六ツからは、夜の客の予約が入っていたが、勘次はそれも承知の筈で、伊助は悪い予感に襲われた。

急遽夜の客には別の舟を用意してことなきを得たが、夜の五ツを過ぎても勘次の舟は帰って来ない。

いよいよ不安になった伊助は、番屋にことの次第を届け出たのだが、軽くあしらわれ、すごすごと帰って来たのである。

だが、勘次だけではなく、客までも帰ってこないと知ったのは、夜も四ツを過ぎたころ、中村屋の者だという手代風の男が訪ねて来た時だった。

「旦那様の弟甚之助さんが、本日こちらの舟をお借りして出かけた筈ですが、未だに帰って参りません。いつ頃こちらに戻ったのか、尋ねてくるように旦那様から言われまして」

と言う。

手代の話では、舟を借りに来たのは中村屋の主甚兵衛《あるじじんべえ》の弟だというのである。

伊助は肝をつぶす程驚いた。客もろとも神隠しにあったとなれば由々しき事態である。

伊助はそこまで話すと、一層顔を曇らせて、

「それでですね、昨日も一日、甚之助さんと勘次の行方を案じて待っていたのですが、夕刻になって東湊町《ひがしみなとちょう》の河岸に、無人の手前の店の舟が流れ着いたと知らせがございやして……」

「伊助さん、流れついたのは舟だけですか」

「舟だけです。乗っていた筈の人間は誰ひとりいなかったのです」

伊助は小さく身を震わせた。口に出すのも恐ろしいような、身振りだった。

「でも、いったいどこでそういうことになったのでしょうか。舟の行き先はわかっていますか」

それまで側で聞いていたお藤が言った。

「へい……あの日、あっしの店を出る時には、まずは深川にやってくれますかと、お客さんの甚之助さんが言っていたように思いやす。身なりからして、甚之助さんはどこかに遊びに行くのだと思いやしたが、深川のどこに行ったのか、また、その後どことどこへ舟を走らせたのか、あっしにはわかりやせん。舟をお貸しする時に、指定の場所までの片道とか往復なら、料金のこともありますから行き先を

聞くのですが、甚之助さんは夕刻まで貸し切りということでした。ですから、どこに行くのか、いちいち聞いてはおりませんので」

伊助はそう言った後、東湊町の岸に打ち上げられた貸し舟は、昨夜のうちに花房町の河岸に戻ってきているのだと言った。

二

「これが、勘次が乗っていた舟でございやす」

吉蔵から話を聞いた伊織と長吉が、その日の昼過ぎ、筋違御門外の貸し舟小松屋の店を訪ねると、伊助はすぐに二人を神田川沿いの河岸に案内して、繋いでいる一艘の舟を差した。

舟は茶舟とも呼ばれる小型のもので、お客三、四人が乗れる屋根舟だった。障子はなく簾《すだれ》をかけていたらしいが、簾は舟が漂流している間に失せてしまったようだった。

長吉はひょいと舟に飛び乗ると、腰を落として丹念に調べていたが、

「伊織の旦那……」

何かを見つけたらしく、顔を上げると伊織を呼んだ。

伊織が舟の中に足を入れると、

「こりゃあ、血の跡じゃねえでしょうか」

舟縁から舟底にかけて付いている染みを差した。

「ふむ……血痕だな」

伊織は、親指を押し当てたような茶褐色の染み三つを確かめると、頷いた。

「伊助さん、この染みは以前からあったものかね」

長吉は立ち上がって、岸に立っている伊助に聞いた。

「いえ、覚えはございやせん」

伊助の返事を待って、長吉は険しい顔で伊織を見た。

舟の中で何かが起こった、それは間違いないように思われた。

「旦那、あっしは舟が上がったという東湊町の河岸に行って参りやす」

「そうか、そうしてくれるか」

伊織は神田の河岸で長吉と別れると、自身は本郷四丁目の呉服屋中村屋に足を向けた。

本郷町は湯島六丁目に続く町で、そこから北にむかって一丁目、二丁目と延びているが、中村屋は四丁目の目抜き通りに面してあった。

店の規模はさほどでもないが、中村屋は家持であり老舗《しにせ》だと聞いている。

伊織が、だるま屋の名と自分の名を名乗り、おとないを入れると、すぐに店の者に奥の座敷に案内された。

間を置かずして、主が現れ、

「甚兵衛でございます。このたびはお手数をおかけしておりますようで、ありがとう存じます」

まだ三十そこそこかと思われる主だが、貸し舟屋の小松屋が、吉蔵に相談して頼みごとをしたことは承知しているようで、辞儀を正して手をついた。

その物腰には、もって生まれた老舗の気風が備わっているように見受けられた。

伊織は、膝に手を戻した甚兵衛を見て言った。

「貸し舟屋の小松屋伊助から知らせが来ているとは思うが、こちらの甚之助が借りた舟が無人のまま岸に上がったことは知っているな」

「昨夜、使いを頂きました」

「その舟を先程調べてみたのだが、血痕がある」

「血痕……」

甚兵衛の顔がまたたく間に青くなった。

「あの舟の中で何か不測の事態が起こったとしか思えぬのだが、あの日、甚之助には普段と変わったところはなかったのか」

「いそいそと落ち着かない様子ではありましたが、格段変わった様子はございませんでした」

「誰とどこに行くのか聞いてはおらぬか」

「はい。聞いてはおりませんが、おおよその見当はついておりました。弟の甚之助は、深川の美濃吉《みのきち》という芸者に会いに行ったのではないかと思われます……」

「何……」

「いえ、今思えばでございますが、貸し舟屋の小松屋さんを出立する時に、深川……と言っていたと小松屋さんから聞きましたので、ですからおそらく美濃吉に会いに行ったのだと」

「ほう……深川に出かけるのに、わざわざ舟を使うのか」

「いえいえ、今回が初めてでした」

「しかしそれにしても、若者の遊びとしては豪勢なものだな」

「恐れ入ります。弟と私は十歳近く年が離れております。父と母が風邪をこじらせて相次いで亡くなりました時、私は二十歳を過ぎておりましたが、甚之助はまだ十二歳でした。本当にまだ子供で、母の愛情も父の教えもまだまだ欲しいという年頃でございました。それを思うと私もつい不憫《ふびん》になりまして、少し甘やかしてしまったのかもしれません。しかし、私が言うのも何でございますが、普段は格別贅沢《ぜいたく》をするような人間ではございませんから、あの日は特別だったのだと存じます」

「どういうことだね」

「甚之助は自分の気持ちを美濃吉に伝え、相手の気持ちも聞いた上で、この先の二人のことを決めるつもりで行ったのだと思います。若いですから、舟を使えば気持ちもほぐれるなどと気を利かしたものと存じます」

「ふむ」

「それといいますのも、弟の甚之助にとっては美濃吉は、おそらく、初めて愛《いと》しいと思ったおなごだったと存じます。実は一年前に、私はお得意様を深川の料理茶屋『尾花屋《おばなや》』に招待致しました。その座敷にやって来たのが、亀三郎《かめさぶろう》店の抱え芸者美濃吉でした。甚之助の深川通いはそれから始まったのでございます。弟の話では美濃吉は気の毒な身の上だと申しまして、だんだんと心を通わせるようになっていたのだと言っておりました。美濃吉も弟のことを憎からず思ってくれているようでしたので、私も美濃吉の親元となっている抱え主の亀三郎というお人に、借金のことなど問い質した上で、なんとかなるようなら、二人を添わせてやってもいいと考えておりました」

「すると、二人の間に格別の問題はなかった、そう言うのだな」

「はい……秋月様が心配下さっているような、例えば、先行きに失望して心中するとか、そういった心配は何もなかったのでございますよ。先にも申しましたように、私は添わしてやってもいいと考えていたのですから」

「しかし、こちらはそうでも、美濃吉の方はどうかな」

「まさかそんな……」

兄の甚兵衛は、口から出かかった言葉を呑んだ。

一抹の不安が過ぎったのか、ふっと座敷の外の、青々と茂る前栽に目を遣った。

気候は俄に夏らしくなっている。陽の照りに緑の芳しい香りが立ちのぼり、廊下からこちらへむかって忍び込んで来ているかに見える。

そんな庭の風情は、座敷の中の重苦しい空気とは対照的な光景だった。

その薫り立つ廊下に、急ぎの足音が近づいて来た。

「旦那様」

番頭と思《おぼ》しき中年の男が、廊下に跪《ひざまず》いた。

伊織の姿を認めて、番頭は躊躇している風に見えた。

「うちの番頭で丹七《たんしち》といいます。じっと帰りを待っているのも何ですから、深川に遣っていたのです」

甚兵衛は伊織にまず紹介して、

「このお方は、甚之助の行方を探索して下さっているお方で秋月伊織様とおっしゃいます。構いません。わかったことを話してみなさい」

番頭の丹七を促した。

丹七は頷くと、するりと体を座敷の中に入れ、敷居際に正座して、

「向こうも大変な騒ぎになっていました」

険しい顔でまず告げた。

「やはり甚之助は美濃吉に会いに行ったのだな」

「そのようです。尾花屋の女将《おかみ》も、昨日までは腹を立ててかんかんのようでしたが、ここまで来ると美濃吉の身を案じておりまして」

「丹七とやら、も少し詳しく話してくれ」

伊織が丹七の方に膝を向けた。

「はい。尾花屋は永代寺《えいたいじ》の門前仲町にあるのですが、一昨日の朝の四ツ半ごろ、甚之助様が仲町の裏河岸まで舟を乗りつけ、予《かね》てより申し入れをしていた美濃吉を夕刻まで借り出したいと、金三両を渡したそうです……」

深川の芸者の玉代《ぎょくだい》は、通常は夕刻より夜の四ツまでとなっているが、甚之助は昼夜仕廻りで最初は申し込んだようである。

だがその日、夕刻から尾花屋の座敷が入っていたために、尾花屋の女将は、暮の六ツにはきっと帰してくれるように甚之助に言ったらしい。

「なにしろ美濃吉さんは、今や辰巳《たつみ》芸者の売れっ子です。伊勢吉《いせきち》という芸者と張り合って、それがまた話題を呼ぶといった按配ですから、勝手に座敷を抜けるという訳には参りません。女将が甚之助さんにそのように伝えると、甚之助さんは木挽町《こびきちょう》の狂言芝居を見に行くが、必ず暮れ六ツには帰すと、そうおっしゃったんだそうでございます」

「すると、甚之助は、木挽町に行ったのか」

「そのようです。尾花屋の下女のおことも、一緒に行ったようでございますよ」

番頭の丹七は、暗い顔をして頷いた。

「そうか、木挽町に行ったのか……」

それなら舟が東湊町に上がったというのも、頷けると伊織は思った。

木挽町の芝居小屋なら、行きか帰りかのいずれかで、舟の中でなにかが起こったのだ。

「美濃吉さんもおことという下女も、そりゃあ喜んで出かけたと言うのですが……わかったことは、そこまでです」

丹七は、申し訳なさそうな顔をした。

――これで、舟に乗っていた者は、船頭の勘次を入れて四人ということになった……。

行き先も木挽町とわかったからには、長吉の調べを待って、小松屋の伊助に尋ねれば、どの辺りで舟が事件に遭遇したのか見当もつく。

伊織は中村屋を出ると、加賀の上屋敷の南側を通り、湯島天神《ゆしまてんじん》の裏門坂通りから御成道に出た。

だるま屋吉蔵の店は、御成道でも筋違御門に近い。

伊織は小気味良く裾を捌いて、御成道を南に向かった。

この大路は南から北に向かってどんと貫いている為に、風の通り道にはもってこいの場所になっている。

少し風が立ち始めると、砂塵が舞った。

ご多分に漏れず今日も微風とはいえ、風の中に細かい土の混じっているのがわかる。

「ふむ……」

伊織は、だるま屋の店の前の莚の上で、いずこかの藩の用人か御留守居のような武家に向かって、なにやら説明しながら書き物を手渡している吉蔵の姿を見た。

どうやら、この月の回覧の日記を手渡ししているらしかった。

回覧料は月に一分と決まっているらしい。

回覧の客が四人もあれば一両だが、御府内にある藩の用人や御留守居が求めに来る数は相当にのぼるから、それだけでも吉蔵の収入は結構な額になる。

回覧とは別に、情報を求めて立ち寄る客も多く、そんな一見《いちげん》の客からは一つの情報につき九十八文を取っているると聞いているし、異国船の話ともなれば特種料《とくだね》として、通常の情報の倍近くの値段をつけているらしいのだ。

吉蔵の姿が近づくにつれ、顔色は渋紙のごとく、頭髪は蓬々《ほうほう》たる有様の、少しも身なりを構わずに、ただただ記録に没頭する四十半ばの男のどこに、吉蔵が武家の出だという話を信じることができるのかと、伊織は訝《いぶか》しく思う時がある。

伊織自身が拾い集めた話によれば、だるま屋吉蔵の本当の名は、工藤《くどう》吉蔵というらしい。

出自は上州藤岡の人で、壮年に至って江戸に出てきて、御本丸御《お》広敷《ひろしき》請負人足『埼玉屋《さいたまや》』の寄子《よりこ》だったとか。

寄子というのは、主従関係を仮の親子関係に擬して結んだ従者の方をさしていう言葉だが、吉蔵の実家は下級武士ということだから寄子とはいえ、武士は武士である。

とはいえその吉蔵が、武士のぶの字も忘れたように、砂塵にまみれて筆と格闘している様は、伊織の目には新鮮に映るのである。

「伊織様、ちょうどよいところへ」

回覧の日記を手に去っていく武家を目の端で見送りながら、吉蔵はもりもりした肉づきのよい膝を直して、伊織を見上げた。

「伊織様に連絡がつきかねましたので、土屋様に走って頂きましたが、船頭の勘次が見つかったようでございますよ」

「何、どこでだ」

「亀島町《かめじまちょう》の川岸を、裸同然でふらふら歩いていたのを、八丁堀の旦那が見つけて保護したっていうんですが、自分の名前はおろか、記憶を失っておりましてね。小松屋の名の入った巾着を首からぶらさげていたことから、伊助さんのところに連絡が来たようです。それで、伊助さんが亀島町の番屋に迎えに行ったという訳でして」

「すると、小松屋に帰って来ているのだな」

「はい。そのようですが、伊助さんが神隠しのいきさつを八丁堀のお役人に話したところ、身柄は伊助に預けるが、舟の一件がはっきりするまで店から一歩も出してはならぬと」

「わかった。ともかくその船頭に会ってみよう」

「よろしくお願いします」

「もし長吉が帰って来たら、俺も弦之助も小松屋にいると言ってくれ」

伊織はその足で、小松屋に走った。

船頭の勘次という男は、小松屋伊助が住居にしている店の奥の小座敷で、布団の上に呆然《ぼうぜん》と座っていた。

側に伊助と土屋弦之助が当惑して座っていたが、伊織が入って行くと、弦之助は首を横に振って、お手上げだという顔をした。

「秋月様、この男が勘次でございます」

伊助は言い、無表情な勘次を横目でちらと見た。

「怪我は……」

伊織は、布団の際に座りながら、伊助に聞いた。

「打撲はありますが、怪我という程のものはありません」

そうか、それは良かったと伊織は頷き、

「勘次」

不安な表情を浮かべている勘次に呼びかけた。

「お前の舟で何があったのだ、教えてくれ。包み隠さずだ。人の命がかかっているんだ」

「…………」

「お前は、この店から客をどこに運んだのだ。何があってこうなったのだ」

「…………」

「ほら、この通りでございやす」

伊助が側から言葉を挟んだ。

だが、伊織の眼は、勘次が物言わずとも、伊織の言葉に微妙に反応しているのに気がついていた。

勘次は記憶を失ったのではなく、何か恐ろしい目にあって、錯乱を来たしているのではないかと思った。

「お客三人の身に何が起こったのだ。誰が怪我をした……どうして怪我をしたのだ。いや、それよりも、お前のお客はどこにいるのだ」

「…………」

勘次は、怯《おび》えたような眼を向けた。

「やい勘次！ いいか、知らねえではすまされねえんだぞ。いったん自分の舟に客を乗せたら、おめえは、客の命を預かってるってことだ。てめえが震えていてどうするんだ。口がきけねえで世の中通るものか。言うんだ勘次」

伊助は、勘次の胸倉《むなぐら》をつかみ上げると、勘次を怒鳴りつけた。

「ひえー、ああ、おお」

勘次は、両手であぶでも追っ払うように伊助から逃れようとしていたが、

「ちくしょう、こんな不始末を仕出かしやがって、どうしてくれるんだ」

伊助が突き放すと、布団を頭から被って震え出した。

「まったく……」

伊助は、困惑と苛立ちのないまぜになった顔で伊織を見た。

「ずっとこうだ。何も話さん」

弦之助も渋い顔をして言った。

「ふむ」

伊織は、なす術《すべ》もなく腕を組んだ。

三

「伊織の旦那、あちらでございますよ」

長吉は、鉄砲洲《てっぽうず》にある稲荷橋《いなりばし》の橋下の河岸に作っている人だかりを差した。

まもなく七ツになろうかという時刻に、勘次の乗っていた舟の航跡を調べに出向いていた長吉から、男女の遺体が八丁堀の稲荷橋の近くにあがったという知らせが来た。

弦之助はその時、木挽町の芝居小屋に出向いていたために、伊織は中村屋の甚兵衛を連れ、小松屋の舟をつかって、急いで稲荷橋に向かったのである。

稲荷橋をぐぐると、人だかりから少し離れて長吉が手を振っているのが見えた。

そこで、舟は長吉が誘導した辺りにつけたのだが、舟をおりるとすぐに、長吉は近くに出来ている重苦しい人の輪を差したのであった。

河岸に輪を作っているのは皆八丁堀の役人や小者たちで、物見高い野次馬は土手の上から、なにやら小声で話しながら眺めていた。

「まずは、中村屋の旦那、弟の甚之助さんかどうか見て下せえ。ただし海の中で漂っていたようですから、遺体の痛みがひどくって、顔形はわかりづらいようです。着ている物で判断して貰うしかねえと存じますが」

長吉は手慣れた様子で、甚兵衛の手を引くようにして、人垣の中に入った。

「本郷町の中村屋甚兵衛が参りやした」

役人に告げる長吉の重苦しい声が聞こえた。

伊織も、役人の間を割って、人垣の中に入った。

二枚の戸板に、男と女の遺体が一つずつ寝かされていたが、体ははち切れんばかりに膨れ上がっていて、着ている物で判断するとすれば、男は裕福な町人、女は芸者だとわかった。

甚兵衛は男の遺体の前で口をあんぐり開けたままで、両手を広げてあわあわと

口走っていたが、

「じ、じ、甚、甚之助……」

「お前の弟に間違いないか」

同心に尋ねられた甚兵衛は、こくんと頷いて、

「どうしてまた、こんな姿に……」

手巾《しゅきん》を懐から出すと、恥も外聞もなく眼に当てて泣き崩れた。

その背に、同心の言葉が降り注ぐ。

「調べは終わっている。女の胸と、お前の弟の胸にも刺し傷がある。おそらく心中かと思われる。心中ならば遺体は身内に引き渡すことはならぬ、打ち捨てだ。ただ、そうは言ってもはっきりせぬところもあり、昔馴染みの長吉の頼みもあることゆえ、遺体の処理については大目にみてやる。さっさと連れ帰れ」

「お役人様、心中など、弟がする訳がありません。どうかもう一度お調べ下さいませ。お願いでございます」

甚兵衛は同心に縋《すが》りつかんばかりに訴える。

だが同心は、厳しい口調で言ったのである。

「ことの真相は船頭の勘次が握っているが、しかし記憶を失っているというでは

ないか。いずれ、取り調べが行われる。声高にそんなことを口走らぬ方がいいのではないかな。もしも無理心中だったなどというお裁きが下ったら、お前の店も無傷という訳にはいかなくなる。このままそっと連れ帰った方が身のためだぞ」

「………」

「遺体があがったことだけでも良かったと思わねば……沖に流されていたと思われるが、満潮時の潮に乗って、またここに戻されたのだ」

同心は十手で沖を差して甚兵衛に告げたのである。

伊織は、二人のやりとりを聞きながら、甚之助の胸の傷を見つめていたが、

「しかし、この傷は相当深いな。心の臓を一突きにしておる。いっかいの商人の倅が、こうまで見事に己の胸を貫けるものかな」

誰に言うともなく呟き、立ち上がってその同心を見た。

「貴公は誰だ。勝手な推量は許さん」

「蜂谷《はちや》様、このお方はあっしと一緒に、甚之助の行方を捜しておられた秋月伊織様と申されるお方でございます」

「秋月伊織……」

長吉に蜂谷と呼ばれた同心は、警戒する眼で伊織を眺め、そしてその目を長吉

に転じると、

「誰であれ、調べに口を出すことは許さぬ」

険しい顔をしてみせた。

「いえいえ、そういう意味ではございません。ちょうどよい機会ですから、お引き合わせさせて頂きたいと存じやして」

長吉はそう言うと、

「伊織様、こちらの旦那は、蜂谷鉄三郎《てつさぶろう》様とおっしゃいまして、かつてあっしが手札を頂戴していました旦那とは懇意だったお方でございやす。まあその縁で、未だにお世話になっている訳でして……」

「そうか、そういうことだったか。蜂谷殿とやら、礼を申す。俺は冷や飯食いでな、暇を持て余しておる。少しでも誰かの手助けが出来ぬものかと、それで長吉と一緒に仕事をしているのだが、今後ともよろしく頼む」

さらりと言った伊織の言葉に、蜂谷は戸惑いを見せながら、

「いや……俺も、だるま屋吉蔵とは知らぬ仲ではないが、とは申せ、役人には役人の領分がある」

もっともらしく威厳を見せた。

「承知している。あれは俺の独り言だ」

伊織も笑みを返して、

「では、甚之助の遺体は貰っていく」

蜂谷に言った。


中村屋の弟甚之助の葬儀は、その日のうちにひっそりと行われた。

参列は身内の他には、伊織と長吉と伊助だけという、老舗の葬儀にしては、肩身の狭いものだった。

主の甚兵衛は、番頭や内儀に支えられるようにして、葬儀を終えた。唯一の弟を失った衝撃は、計り知れないものがあるようだった。

両親を亡くしてから、兄の甚兵衛は商いに専念するかたわら、弟の甚之助を一人前の大人にするために、親代わりになって育てている。

甚兵衛にとって甚之助は、わが子同然だったに違いない。

「秋月様、長吉さん。どうか、弟の身の潔白を証明して下さいませ。どれほど費用がかかってもいといません。宜《よろ》しくお願い致します」

甚兵衛の悲しみは、伊織にも長吉にも重く哀れに受け止められた。

え」

「気を確かに持つように、船頭の勘次の心が落ち着けば、ことの次第もわかるゆ

伊織は、慰めの言葉を送って中村屋を辞した。

事件当日の大方の様子がわかってきたのは、その夜のことだった。

木挽町の芝居小屋に調べに行っていた土屋弦之助が、だるま屋に戻って来て、

「いやはや、木挽町では、随分と口が固くて手間取ったが、思いがけぬことを耳にした。あの日、甚之助一行が桟敷で芝居を見物しているところに、着流しの武家がやってきて、芸者の美濃吉を挟んでひと騒動あったらしいぞ」

行灯の前に集まっていた伊織たちに言ったのである。だが、言い終わらぬうちにその手は皆の前にある膳に伸びた。

焼き魚や芋の煮っ転がし、ワサビ豆腐に香のもの、それに酒が出ているのが目に入ったのである。

長吉の膳の芋を頰ばって、

「美味《うま》い……腹が空いて空いて……」

もう一つ、頰ばった。

「土屋様、お行儀が悪いですよ」

お藤が弦之助の膳を運んで来て、ぎゅっと睨む。

「いや、すまぬ。何も食していなかったのだ。しかし、なんだな、お藤殿の手料理も腹が空いていると格別だな」

弦之助は伊織が注いだ酒を受けると、一気に飲んだ。

「それじゃあ私のお料理は、まずいということではありませんか」

お藤が意地悪く弦之助の膳を下げようとした。

「まった……お藤殿」

膳をつかんで情けない声を出す。

「皆さん、土屋様のお帰りを待っていたんですよ」

「わかった、今話す……実はな、その武家というのが、どうやら美濃吉の馴染みだったようで、甚之助たちの桟敷に酔っ払ってやってきて、美濃吉を連れ去ろうとしたらしい」

「何者だ」

「そこまではわからんが、それで甚之助が、美濃吉は私が借り受けている。申し訳ないが引き下がってほしいというようなことを言ったらしいんだな。すると突然その武家が怒り出して、そこへ直れ、などと言い出した。それで小屋主が飛んで出てきて宥《なだ》めたそうだ。むろん、袖の下を包んだらしいのだが、甚之助たちはその間に、逃げるようにして小屋を出たそうだ」

「騒動は、それでおさまらなかったのですね、土屋様」

　吉蔵が尋ねる。

「そういうことだな、甚之助一行が木挽橋の袂から勘次の舟に乗り岸を離れていくのを見届けると、その武家も、これも猪牙舟《ちょきぶね》で木挽町に乗りつけていたようで、すぐに舟に飛び乗って、甚之助たちの舟を追っかけていったと、まあ、そういうことだ」

「そうか、これで、甚之助は心中ではなく殺された可能性が高くなったということだな」

「殺された……死体でも見つかったのか」

「土屋様、今日、甚之助と美濃吉の遺体が、鉄砲洲の稲荷橋近くの河岸で見つかったんでございますよ。二人の胸には刃物で刺した跡があったということです。ところが伊織様と長吉さんの話では、勘次の証言がなければ、心中か、あるいは甚之助さんの無理心中ということで決着しそうな気配なのです。それで、あなた様をお待ちしていたのです」

「そんな無茶な……町方も木挽町の一件を調べれば考えも変わる筈だ。第一刃物はどうした、甚之助が芝居見物をするのに、刃物を持参していたというのか。俺の調べた限りでは、勘次の舟を追っかけて行った武家が、甚之助を殺したに違いない」

「土屋の旦那」

長吉が首を上げた。獲物を視界におさめたような高ぶりが目の光に見えた。

「土屋の旦那の調べた話と、あっしの調べとが、割り符を合わせたように重なりますぜ」

「何、まことか」

弦之助も興奮して聞き返す。さすがに膳の芋どころではないようだ。

「へい。あっしは勘次の舟が東湊町に上がったことから、舟が無人のまま流されたのは鉄砲洲の近くにちげえねえと思いやしてね、聞き込みを続けていたんですが、御船手《おふなて》屋敷に隣接する炭蔵《すみぐら》の番人が、夕刻、八丁堀と霊岸橋《れいがんばし》川の交わるあたりの川口で、猪牙舟と屋根舟が舟縁《ふなべり》を接して争っているのを見たと言ったんでさ。番人は炭を運んでいる途中だったので、荷物を倉庫の中におさめてもう一度海を見たんだが、その時には猪牙舟の姿はなく、屋根舟だけが波に揺れていたと……」

長吉は、一同を見渡して、

「甚之助や美濃吉を殺したのは、その武家に違いありやせん」

自信ありげに頷いてみせた。

「問題は、船頭勘次の証言ですね」

吉蔵は、静かに盃に口をつけた。

「それと、その武家が何者かということだが……」

伊織は、灯の色の外にぼんやりと浮かぶ薄明かりに目を遣った。

四

「うちは美濃吉の人気にあやかっておりましたからね。この度は本当に痛手を被りました。まだお調べの最中のようですから、中村屋さんに何とも申し上げてはおりませんが、もしもこれが、無理心中だったとしたら、私どもは、親元になっている亀三郎さんの手前、黙っていることはでき兼ねます」

深川の料理茶屋尾花屋の女将は、美しい顔の眉間《みけん》に皺《しわ》を寄せて、伊織を見た。

帳場の裏の女将の居部屋には、仲居の小走りする足音や、調理場の喧騒が手に取るように聞こえて来る。

　女将はこの部屋にでんと構えて、店の切り盛りをしているらしく、伊織がこの部屋に上がってからも、番頭や仲居頭が、本日の接客の段取りについて、女将にいちいち指図を受けるために顔を出していた。

　女将は長火鉢の湯をとって茶を淹《い》れると、伊織の前にも出し、自分も手に取った。その茶碗を掌に包んで眺めながら、

「うちは下働きのおことも失いましたからね」

　悔しそうに呟いた。

「おことの遺体はまだ上がらぬのか」

「ええ、お役人様の話では、もう海の藻屑《もくず》となっているのかもしれないってことです。おことは、うちに来て間もない子でした。芝居が見られるというので美濃吉についていったんですが、引き止めればよかったと思っています」

「女将の気持ちもわからんではないが、中村屋の主は心中などする筈がないと言っている。あの日、甚之助は二世《にせ》を誓うつもりで美濃吉を連れ出したらしいからな」

「やはり、そうでしたか」

「聞いてはいないのか、その話」

「甚之助さんがその気になっているらしいということはわかってましたよ。でもそう言われても、美濃吉の方は、はいそうですかと、芸者をやめて誰かのお内儀になるという訳にもいかなかったんじゃないかと思いますよ」

「美濃吉が背負っている借金のことか。そのことなら、兄の中村屋の主が、なんとかしてやれるものならと言っておった。弟の気持ちを汲んで二人を添わしてやりたいと言っていたのだ」

「でも、半端な額じゃないって笑っていましたからね、おみのちゃんは……ああ、美濃吉はおみのって言うんですよ。ですから、そう簡単に一緒になれる筈もないと思っていたでしょうし、それに、私たちの知らない何か深い訳を抱えていたようですから」

「男のことかな……実は木挽町の芝居小屋で、美濃吉に横恋慕する武家が現れ、ひと騒動あったらしいのだ。女将に心当たりはないか」

「お武家ですか……そう言われましても、美濃吉を贔屓《ひいき》にして下さるお武家はたくさんおりましたからね。ただお武家と言われても……」

「しかしあの日、美濃吉が甚之助と芝居に行くのを知っていた者となると、限られてくるのではないかな」

「まさか……」

女将は、ふいに何かを思い出したような顔をした。不安がその顔を駆け抜ける
のを伊織は見た。

「誰だね、その者は」

「………」

「女将」

「………」

「言えないのか……厄介な人物ということか」

「秋月様と申されましたね。申し訳ありません、これでお引き取り下さいません
か」

「美濃吉を見殺しにするのか……将来が楽しみだといっていた、おことという娘
はどうなる……女将、ここで働く女子たちは、皆女将のその心一つを頼りにして
働いているのではないか」

「………」

「けっして悪いようにはせぬぞ。約束する」

「申し訳ありません。この通りです。どうぞ、お許し下さいませ」

女将は手をついた。

女将は顔を上げなかった。

伊織は黙って外に出た。

尾花屋といえば、知る人ぞ知る料理茶屋である。

大きな商人も相手にし、むろん武家筋も相手にして、外からみればやり手に見える女将でも、伊織などにはわからぬ弱みがあるのかと思った。

伊織は、美しい女将に拒絶されただけに、足取りも重かった。

しかし、今日いったんは引き下がっても、武家の名を聞くまでは何度でも足を運ぶつもりだった。

女将であれ誰であれ、武家を恐れて事の真相を話せないような、そんなことがあってはならぬと、伊織は考えるのである。

兄のようにお役を頂き、城に勤める身であれば、また考えも違ってくるのかもしれないが、部屋住みの伊織には、兄とは違った物の見方が出来る。

そんなことを考えながら、入り堀に沿う道を北に向かって歩き、舟が着けられる亥口橋《いのくちばし》の袂に差しかかった時、

「お待ち下さい」

後ろから声がした。

振り向く前に、尾花屋の女将の声だとわかっていたが、振り返って小走りに来る女将を認めた時には、どこか胸の奥がほっとしたようだった。

「秋月様、お待ち下さいませ」

女将は橋の袂の柳の木の下で待つ伊織の側に走って来た。

「秋月様のお言葉には恐れ入りました。この深川で料理茶屋として人にも知られる尾花屋です。秋月様のおっしゃる通り、店で働いてくれる者たちを守れなくて、女将とは申せません。命が惜しくて、そんなことで、殿方を相手に渡り合えるものかと存じましてね。それで、追っかけて参りました。イキのいいのは辰巳芸者だけではございませんもの」

女将は晴れやかに笑って言った。先程とはうってかわった表情だった。

「女将……」

伊織は眩しい思いで見返した。

「先程のお武家ですが、野島金之助《のじまきんのすけ》とおっしゃる方で、八州様でございます」

「何……八州の野島……たびたび来るのか」

「ええ、美濃吉目当てにね。あの日も、美濃吉は野島様にも誘われていたようですが、美濃吉が他のお客様とお芝居に行く約束が出来ているのだと、あっさり断ったらしいんです。ですから、野島様は美濃吉が芝居を見に行くことも知っていましたし、そのお相手が呉服屋の弟さんということも知っていたと思います。野島様に自分のことをきっぱりと諦《あきら》めてもらうために、甚之助さんの名を出したんでしょうね。それというのも野島様は、十手をひけらかして八州だと叫べば、なんでもこの世の中は通るのだと思っておられる方ですから……」

「そうか……女将、恩にきるぞ」

「とんでもございません。私の方こそお礼を申し上げなければなりませんよ。秋月様のお言葉で気がつきました。何が大切かってことに……」

「いやなに、釈迦《しゃか》に説法だった。女将、もしも何か不都合なことが起きた時には、御成道のだるま屋に来てくれ」

伊織が踏み出した時、

「あの……もう一つ」

女将が呼んだ。

振り返った伊織に、女将は歩み寄って、

「美濃吉さんの実家ですが、保土ケ谷《ほどや》だそうですよ」

小さな声で言い、女将は神妙な顔で頷いた。

「伊助さん、今なんと言いました？」

吉蔵は、着物の裾をめくって投げ出した両足の膝の上から立ちのぼる、細くて白い煙から目を離して、莚の上に膝を落とした伊助の顔を見た。

寄る年波には勝てず、吉蔵は日に何度も三里に灸《きゅう》をすえるのである。お藤などは、莚の上で同じ姿勢を一日中続けているからだと言い、いっそ腰掛けにでもすれば体も楽だし、砂埃を被るのも少しは免れるなどと口やかましいが、長年続けてきた莚の上の生活は、そう簡単に捨てきれるものではない。

第一、路傍に捨て置かれた岩のように、頑としてこの大路で座り続けているから こそ、人はちょいと井戸端話をする気楽さで、立ち寄ってくれるのである。人の話をかき集めて記し、喉が喝いたら傍らに置いてある酒を飲み、膝が痛くなったら灸をすえる。

吉蔵の日常はそれが全てである。

小松屋の伊助が、苦渋の顔でそこに座ったからといって、膝の灸を取ることは出来ないのであった。

「船頭の勘次がお役人に連れていかれたのでございます」

「何」

吉蔵は、膝の灸を慌てて払うと、素麵箱の前に座り直して、

「話してみなさい。どうしてそういうことになったのか。勘次は口がきけるようになったのか」

「へい。昼前でしたが、蟹蔵《かにぞう》と名乗る岡っ引が、勘次の様子を見にやって来たんです……」

蟹蔵は、その名が示す通り、赤ら顔の背の低い男だった。

伊助が、勘次がいる店の奥に案内すると、蟹蔵は上がり框《かまち》に腰をかけ、短い脚を組むと、布団の上にしおれて座っている勘次に、厳しい顔で言ったのである。

「口がきけねえらしいな。だがよ、このまますっと、口がきけねえで通る筈がねえぜ。ことによっちゃあ、おめえが客の三人を殺したことになるが、それでもいいのかい」

蟹蔵は最初から脅しにかかった。

震え上がったのは勘次である。

勘次は伊助に怯えた視線を送ってきたが、すぐに蒼い顔をして俯《うつむ》いた。

すると蟹蔵が十手を出して、

「やい勘次、うんとかすんとか、言ってみな」

勘次の膝を押さえたから、勘次は悲鳴を上げて、布団を被った。

「勘次！」

蟹蔵は声を荒らげた。伊助に布団を無理矢理にでも剝《と》れと促した。

伊助がもたもたしていると、上にあがって、自分で勘次が被っていた布団をめくり上げたのである。

「おた、おた、おた……」

尻を突き出し、頭の上で両手を合わせた、みっともない勘次の姿がそこにあった。

「ちゃんと座れ」

蟹蔵が怒鳴った。

「勘次……お前には船頭としての責任があるんだ。小松屋のためにも仲間のためにも、しっかりしてくれ」

勘次は伊助のその言葉に、ようやく布団の上に座ったのである。

「いいか、どうしても確かめなくちゃあならねえことがあるんだ。しゃべれねえのなら、こっちが言うことに違いがあった時には首を横に振るんだ。いいな」

「…………」

「おめえは深川で、甚之助と、芸者美濃吉と下女のおことを乗せて木挽町の芝居小屋に行った。帰りもこの三人を乗せて鉄砲洲まで引き返してきたが、その時、舟の中で痴話喧嘩が始まった。甚之助と美濃吉の痴話喧嘩だ」

蟹蔵は話しながら、勘次の様子をじっと窺う。

「そして、甚之助が懐から匕首《あいくち》か柳刃包丁を出したんだ……二人はもみ合いになって舟が揺れた。それでおことは、海の中に落ちた……お前は、おことを助けるために飛び込んだが、おことはもう潮に流されて助けてやることが出来なかった。その時、舟の上では、甚之助が美濃吉の胸を刺し、自分の胸を刺して一緒に海に身を投げた……」

「ああ……ああ」

勘次は頭を抱えて泣き出した。

「よし……伊助、お前も聞いた通り見た通りだ。格別こっちの話に違いがないようだ。番屋に来てもらうぜ、立て」

蟹蔵は勘次の肩に十手を置いたのである。

伊助は、そこまで話すと、

「困ったことになりました」

肩を落として吉蔵を見た。

「しかしそれは、妙ではありませんか」

「へい。その話の通りだと、勘次が転覆もしていない舟をみすてて、なぜ海にもまれていたのか説明がつきやせん。あっしはそのことについては、蟹蔵親分に話したのですが、細かいところは、これから番屋での調べでつけると」

「おかしな話だ」

吉蔵は、照り返しで眩しい御成道に目を遣った。

せわしなく行き交う人を眺めながら、奉行所は謎の多いこの厄介な事件に、早々に決着をつけようとしているのではないかと思った。

中村屋も尾花屋も、事件のことは内々にして、広く世間に漏れないようにと願っていたに違いない。

しかし、吉蔵がこの両日に耳にしたことは、美濃吉の親元だった亀三郎なる人間が、美濃吉を失ったことで多大な損害を被ったとして、中村屋や尾花屋に補償金なるものを要求してきたという話だった。

その額が、五百両とも千両ともいわれており、そんな大金を要求された両店は店の存続にかかわる大きな問題を抱えてしまった。

繁盛している尾花屋は、なんとか乗り切れるかもしれないが、本郷町で店を開いている中村屋は、困窮の極みである。

日本橋の北側に広がる繁華な地に、大暖簾をかけて商う大店ならば、五百両や千両要求されても蜂に刺された程度の話だが、こぢんまりした町の呉服屋の商では、おいそれと応じられるものではない。

実際に中村屋の甚兵衛は、代々の身代をこれでは潰してしまうと悩んだあげく、昨夜は首をくくって死のうとしたらしい。

番頭がこれを見つけてことなきを得たが、行く末が案じられる。

伊織が深川の尾花屋を訪ねて数日のうちの話なのである。

いくら美濃吉が売れっ子の芸者だったといっても、そんな法外な金を要求するとは亀三郎という人間の後ろには、誰か悪知恵の働く人間がいるに違いないというのが、吉蔵や伊織の考えなのであった。

事件の探索はいっこうにはかばかしくないまま、補償金騒ぎにまで波紋が広がっていることに業を煮やした奉行所は、どうでもこの決着をつけねばと焦って強引に勘次を引ったてて行ったということだろう。

伊助は、怯えた顔で言った。

「このままだと小松屋も何を要求されるかしれやせん。うちは百両出せといわれても、それでお終《しま》いです。家の中のどこを探しても、そんな金は出てきやしません。祈るのは、勘次が余計な証言をしないことですが、あの様子ではどうなることやら」

「伊助さん」

吉蔵は、伊助の眼をとらえて言った。

「伊織様たちが真相をつかもうと八方手をつくしています。もう少し待ってみましょう。いいですね」

不安を押し込めるような、力の入った声音だった。

五

その日の夕刻、伊織は、東海道保土ケ谷の宿、帷子橋《かたびらばし》の袂に立っていた。

日本橋から八里半、女子供や年寄りは、江戸を出立して一日目の宿を、この宿場でとることが多い。

帷子川が、この宿場の東に流れており、その川に架かっているのが帷子橋だった。

深川の尾花屋の女将から聞いた話によると、美濃吉の実家は、この帷子橋の袂で宿場で一番の蕎麦屋をやっていたというのだが、今は橋の両袂に蕎麦屋などはなかった。

橋の東側袂の北側には白壁の土蔵があって、その前は広場になっていて、旅人はここに馬を止め荷を下ろして休息しており、道を挟んだ南側は、小さな飯屋や縄暖簾の店が並んでいる。

そして橋の向こうはというと、道を挟んだ両側ともに旅籠が並んでいた。

そこで長吉が、蕎麦屋はどこに移転したのか聞きに行った。

長吉は、間を置かずして帰って来た。

「伊織様、やっぱり、この帷子橋の袂にあったようです。今は旅籠になってるということですから、あれがついこの間まで蕎麦屋だったのだと思われます」

長吉は、西袂の一軒の旅籠を差した。

「それで、店が人手に渡ってからは、町外れで住んでいるようです。道案内は受けています」

「よし、行こう」

二人は、宿場の大通りから路地の道に入った。

直ぐに畑地に出た。

振り返ると街道に沿って宿場の家並みが続いているが、一歩裏通りに踏み込むと、街の賑わいとは無縁の景色が広がっていた。

陽は山際に赤くたなびく雲ばかりを残しており、伊織たちが立っている土手の小道にも、その両脇に広がる土地にも、もう夕闇が迫っていた。

ただ、青葉の香りに混じって、何か香ばしいというか枯草に似た匂いが、さらさらという葉ずれの音と一緒に鼻孔をくすぐって行く。

「足元が危ないですから、提灯をつけましょう」

長吉は、いつの間に用意をしていたのか、背中にかけていた荷物の中から小型の提灯を取り出して、灯をつけた。

ほのかな明かりを頼りに小道を山の方に歩いて行くと、

「あれですね」

長吉は、向こうの黒々とした一群の中に点る赤茶けた灯の色を、下げていた提灯で差した。

近づいてみると、その黒々としたものは畑地の山裾に茂る雑木で、赤茶けた明かりは、その雑木の茂みを屋根にしたような粗末な小屋の中から漏れてくる明かりだった。

夢中で歩いてたどり着いて、それまで気にもとめなかった蛙《かわず》の声が、その小屋の前に伊織たちが立った時、小屋の住人に来客を告げるように鳴くのを止めた。

「ごめんなすって、尾花屋の女将さんから聞いてきたんだが、こちらが美濃吉さんの実家ですね」

長吉がおとないを入れた。

すると、隙間だらけの小屋の戸が開いて、娘が顔を出した。

くたびれた木綿の着物を着て、髪も無造作に結い上げてはいるが、目鼻立ちの整った美しい娘だった。

血色がよく見えるのは、娘が背中に赤茶けた灯火を背負っているせいかと思われたが、長吉が翳《かざ》した提灯の明かりにも、やはり娘は健康そうに映っていた。

美濃吉もこの娘に目鼻立ちが似ていたのかなと、伊織は思った。

「美濃吉のことで、聞きたいことがあってやって来たんですがね」

　長吉が言ったその時、

「ああ、うう」

　中から、泣き声とも叫びとも聞こえる老年の男の声がした。

「おとっつあん、いくら泣いたって、姉さんは帰ってこないんだからね」

　娘は、はばかりもせず、奥に向かって怒鳴った。

　そして、伊織たちの方に向き直ると、

「姉の何を聞きたいのでしょうか」

　怪訝な顔をした。

「姉さんが亡くなったのは聞いているね」

「ええ」

「そのことについていろいろと聞きたいのだが、生前姉さんから、中村屋の甚之助の話とか、八州廻りの野島とかいう人の話を、聞いたことはあるかね」

「あの、すみません」

　長吉の問いかけを娘はあわてて遮って、小さな声で、

「すみません、おとっつあんにそういった話を聞かせたくありません。お店を人

にとられてこっちに来てから惚《ぼ》けてしまって、でも姉のことは覚えているらしくて、姉の名を聞いただけで、泣いてしまうんです。明日じゃ駄目でしょうか」

明日、この家の前の畑に来て下さい、と娘は言った。

それで伊織たちは踵を返して、宿場の旅籠で一泊し、翌日同じ道をたどって、改めて美濃吉の実家を訪ねたのである。

昨夕同じ道をたどった時には、畑の景色は薄闇の中に息を潜めていて、何が小道の両脇で揺れているのかわかりようもなかったが、今はっきりと見えるのは、黄色く色づいた麦だった。

娘は、黄の海の中で、腰をかがめて麦刈りをしていたのである。

娘の側には父親が座っていたが、父親は麦藁笛《むぎわらぶえ》を吹いていた。

笛といっても空気ばかりが抜けていく間抜けた音だが、娘の農作業も手伝わずに、藁を千切っては吹き、千切っては吹きして、一人で楽しんでいる様子である。

裾をはだけて子供のように座っている父親の様子から、娘の難儀が見てとれた。

すぐに声をかけるのもはばかられる光景だった。

伊織と長吉が土手にたって見つめていると、娘の方がすぐに気づいて、切り株を踏まないように足元に注意を払って近づいて来た。

その娘の足元が危ういのを見て、伊織は驚いた。娘は少し足を引きずっていた。

「あたし、おゆいといいます。おてんばで、小さい時に怪我をしてしまって……」

おゆいは恥ずかしそうに言った。

そして、目の前の畑仕事は、遠縁の者から請け負ってやっているのだと言い、家の借金は姉がかぶってくれたんで、なんとかやっていけるのだと言った。

「実はな、おゆいさん」

長吉が手短に、美濃吉の死の経緯を告げると、おゆいは嘆息して、

「姉さんの死は、尾花屋さんから知らせてくれたのですが、甚之助さんと心中するなんて、おかしな話だと思ってました。だって姉さんは、借金だってほとんど返したし、甚之助さんと夫婦になれる、その時にはお前も、おとっつあんもお江戸に呼んであげるからって言っていたんです。心中する筈がありません。姉さんはきっと殺されたんです、野島様に殺されたんです。いつかこんなことになるのではと思っていました」

叫ぶように言った。

「お前は、八州廻りの野島を知っているのか」

「野島様はずっと以前から姉さんにいいよっていた人です。でも、姉さんにその

気がないと知ると、今度はおとっつあんに近づいて、宿場の博打《ばくち》に誘いました。誘いを断れば、なんだかんだと因縁をつけて十手を出してくるんです。それがために罪人にされた人もいます。馬鹿なおとっつあんはそれを恐れて野島様の誘いに乗りました。それで、あっという間に店は博打のカタにとられたんです。大きな借金まで背負わされて、その借金を返すために、姉さんは亀三郎という人のところにお金で買われて行ったんです。姉さんはあたしと違って綺麗だったし、この宿場では踊りも三味線も一、二を争うほど上手だったんです。野島様はそれに目をつけて腹癒《はらい》せに売り飛ばしたんです。ところが、美濃吉となった姉さんが売れっ子になると、また野島様は姉さんに近づいて……」

「そうか、そんな事情があったのか……おゆい、お前は甚之助が美濃吉を殺す筈がないということを、もしもの時には証言してくれるか」

「もちろんです。姉さんと甚之助さんの汚名をすすげるのなら、なんでもやります」

おゆいは、言葉に力を込めた。

無造作に合わせた襟から覗く首筋には、汗が光っている。

その汗を、おゆいは腰の手ぬぐいを引き抜いて、ぐいとぬぐった。

ついでに首にかけてある赤い紐《ひも》で結んだ錦の小袋についた汗も、そっとふき取った。

「これ、匂袋《においぶくろ》なんです。姉さんに貰ったんですが、形見になってしまいました」

愛しそうに香りを嗅いでみせた時、突然麦笛が聞こえてきた。

ぴー……ぴー……。

かすれた音色だった。

父親は、空に向かって得意満面で吹いている。

おゆいは、その姿を眺めながら、

「おとっつあん、罰《ばち》があたったんですよ。昔の私なら家を飛び出していたかもしれません。でも、竈《かまど》の灰まで失ってしまったのに、あのおとっつあんひとりが残されて……お武家様、血の繋がりだけは切れないものなんですね」

おゆいは、小さく笑って溜息をついた。

吉蔵は、往来を注視したまま、片手で土瓶をまさぐってつかみ、ぐびりと喉を潤した。

何度往来に目を遣っても、伊織の姿は見えなかった。

諦め顔で素麺箱に目を転じたのは、十分に土瓶の酒で喉を潤した後だった。

吉蔵は、筆をとって書きかけていた日記を記す。

一、御使番《おつかいばん》永井大之丞腰元、六月下旬自害す、其故《そのゆえ》ハ大之丞召仕と老女と兎角《とかく》平生箸のあげおろし二種々にいじめけるが、腰元宿《やど》ハ継母ニ而六カ敷《てむつしく》、宿へ下《さが》ることもならず、せっぱつまりて右之始末ニとかや……

だが、ふと、吉蔵は筆を止めた。吉蔵は、莚の前に立ち止まった足をとらえて顔を上げた。

「土屋様」

弦之助が苦い顔をして見下ろしていた。

「どうかなさいましたか」

「どうもこうもない」

弦之助は、莚の上にどかりと座った。

「勘次の奴は、牢屋へ送られるそうだぞ」

「すると、蟹蔵という岡っ引の作り話を、番屋でも認めたということですか」

「いや、俺が番屋に押しかけて行って、本当は八州廻りの野島が二人を斬り殺したんじゃないかと質したのだ。するとどうだ……とうとう勘次は頷いたのだ。ところが、無理心中にしろ、誰かが殺したにしろ、勘次の証言はころころかわって信じられぬ奴だ。いずれにしても、勘次は船頭のくせに客を見殺しにした、その罪は逃れられぬという話になってな」

「そんな話になるのではないかと思っていました。せっかく土屋様にお骨折りを頂いたのに、勘次の口から甚之助の無実を証言してもらうのは、なかなか難しいようですな」

「いやいや、吉蔵。そなた、俺を見くびってはおらぬか」

「とんでもございません」

「俺はな、野島の野郎の悪行をつかんできたぞ」

弦之助はふふんと笑った。

だがすぐに真顔をつくって吉蔵に膝を寄せると、

「美濃吉の親元になっていた亀三郎という男だが、奴のもう一つの顔は女衒《ぜげん》だった。それも野島と組んでの悪党ぶりは呆《あき》れるばかりだ」

「さすがは土屋様……」

「つまりこうだ。亀三郎が抱えている女たちは、みんな野島が関八州を回って集めてきた者たちだ。美濃吉のような芸者もいれば、女郎もいる。女たちは多額の借金を抱え、おまけに、稼ぎの七分は亀三郎に渡している。亀三郎は、そのうちの二分を懐に入れて、後は野島に渡している」

「本当ですか」

「本当だ。野島は向嶋《むこうじま》にひそかに別邸まで建てて、女を囲っているぞ」

「土屋様、後は秋月様の連絡を待つばかりですな」

と言った目が、面前に差し出された白いものに顔をあげた。

飛脚だった。飛脚は、吉蔵に書状を差し出していた。

「土屋様、秋月様からですよ」

「何……なんと書いてあるのだ」

「お待ちを……」

吉蔵は封を切って素早く目を通すと、黙って弦之助に手渡した。

「ほう、保土ケ谷からか……」

呟いて目を走らせた弦之助の顔が、次第に怒りで赤くなった。

「吉蔵……」

弦之助は、厳しい顔で頷くと立ち上がった。

伊織は、橋の下から、蛍が飛び立つのを見た。

伊織がいるのは、帷子川に架かる橋の袂である。

欄干に近づいて下を覗くと、蛍は土手の草むらから一匹、二匹、三匹と、光の尾を引いて舞い上がった。

よく見ると、蛍は向こうの土手の上にも、不安定な光の線を描いているのが見えた。

先程から橋の袂に佇《たたず》んでいると、湿った夜気と、橋下を流れる単調な川音の他は、闇に包まれて耳目に入ってくる物は何もなかった。

大事の前の緊張が、頭から帷子橋周辺の情景を取り去っていたのかもしれなかった。

伊織は欄干から離れた。

もとの橋袂の場所に戻って、橋の東に抜ける宿場の通りに目を凝らす。

――もう、そろそろだ。

宿場にある寺の鐘が夜の五ツを打ってから、随分になる。

昼過ぎから賑わっていた神明宮《しんめいぐう》の祭りも、その鐘を聞いた途端、水が引いていくように、人々は宮から鳥居に押し出されて来たのであった。

そしてそこから人々は四方に散るように帰って行った。

伊織が待機している帷子橋を渡って帰って行く者も大勢いた。

それはこの宿場の者ばかりではなくて、旅籠に泊まっている客もいるようだった。旅土産に神明宮の祭りを覗きに行ったようである。

そういった人たちが、ぞろぞろそれぞれの場所に帰って行き、人の姿も見えなくなって既に一刻、先程夜の四ツの鐘を聞いている。

伊織が待っているのは、関八州出役の野島金之助だった。

美濃吉の妹おゆいから、今日は宮で祭りがあり、必ず野島金之助は現れるのだと聞いていた。

祭りの時には、神明宮境内にある弁天社近くの古い社で、必ず賭場《とば》が開かれるというのであった。

旅籠の役人も見て見ぬふりをすることから、大賭博《おおとばく》が行われる。

大賭博とは、銭賭《ぜにが》けはしない。銀か金賭けの賭博である。

よそ者は金貨か銀貨だが、少なくともひと勝負に一分は賭けなくてはならないという規則がある。

町や村の者は、産物や田畑を賭けることになるので、金貨に代わる札を借りて、それで張った。

この札は後で清算するのだが、札だと思うと金という感覚が薄れるのか、おゆいの父親のように、気がつくと蕎麦屋の身代までなくしていたということになる。

長吉が今日、半日をかけて宿場を走り回って調べたことは、胴元はやくざの親分で鮫島《さめじま》の時蔵《ときぞう》といううらしいということ。

この男が、旅籠のあらくれ人足たちを差配している人物で、野島金之助から十手を預かり、宿場に目を光らせている目明かしだというのだから、聞いて呆れる。

宿場では、賭場はたいがい毎日開かれている。

その、日々行われる賭博を八州廻りに目こぼしして貰うために、鮫島の時蔵は、大賭博で稼いだ金は、上がりの半分を野島に上納しているというのであった。

その鮫島の時蔵が、昼の七ツ頃、宿場の入り口まで出迎えた八州廻り野島こそ、もう十日以上も前になるが、あの隅田川の御廐渡しで、きせるを川に落とし、その腹立ちをぶつけるように、伊織に果たし合いを申し込んだあの武士だったのである。

野島は、宿場に自分仕立ての立派な駕籠で入ってきた。

宿泊する一軒の旅籠の前で駕籠を止めたが、中から出てきた野島の顔を見た時、まず誰よりも驚いたのは伊織だった。

八州廻りの禄は、正規にはわずか二十俵あまり、八丁堀の同心より十俵も低い。むろん、幕府から、旅籠の宿泊代や探索や道案内に雇った者たちへの手当てなども支給されるが、駕籠で乗りつける贅沢が出来るというのは、手下の鮫島の時蔵の稼ぎが半端じゃないということだろう。

例えばおゆいの父親のように、騙して博打場に連れて行き、無一文になるまで賭けさせ、金がなくなり借金がかさむと、娘をカタに取って江戸のしかるべきところに売り飛ばすという悪の限りを尽くしてきたからに他ならない。

——その張本人の野島が、あの男だったとは……。

「あれが関八州出役野島金之助だというのか」

伊織は、側に立った長吉に念を押した程だった。

野島は、宿を暗くなってから出た。

今度は徒歩だった。

さすがに博打場に行くのに駕籠には乗れないようである。

従えているのは供の足軽をはじめ鮫島やその手下など五人ばかり、参道に吊した提灯の下に消えたのであった。

一同は祭りを楽しむためでも参拝でもない、行く場所は決まっている。長吉がちゃんと見届けていた。

伊織は、野島が引き返して来るのを待っているのだった。

「伊織様……」

闇の中から走り寄ってきた長吉が、参ります、と言った。

間を置かずして、提灯の明かりが近づいて来た。

明かりは左右前後にあるようだった。

二間ほどの距離に近づいて来た時、伊織と長吉は走り出た。

一行はぎょっとして立ち止まり、

「誰だ、退《ど》け」

手下が提灯をこっちにかざして来た。

その光の中に、伊織はずいと出た。

「やっ、お前は！」

思わず驚きの声を上げたのは、野島だった。

「関八州取締出役野島金之助、お前の悪事も今宵で費《つい》える。覚悟しろ」

言い終えた時、野島を庇うようにして囲んでいた提灯が伊織の近くに投げられた。

提灯は次の瞬間、炎を出して燃えあがった。

「死ね」

影となったやくざ者の一人が、長脇差を引き抜いて飛びかかって来た。

だが、伊織は腰を屈《かが》めて大刀を抜き、やくざ者の胴を真横に薙《な》ぎ斬っていた。

やくざは、どたりと音を立てて落ちた。

闇に血の臭《にお》いが漂った。

足軽ややくざ者が、伊織の相手になる筈がない。

あまりの鮮やかさに、野島の手下たちは意を削《そ》がれて、刀を構えているのがやっとの有様で、

「野島様、早く、宿にお戻り下さい」

足軽が叫び、必死の体《てい》で野島の前に出たその時、野島が帷子橋めがけて駆け出した。

――逃がさぬ。

伊織は、猛然と斬り込んで来た足軽の剣を撥《は》ね上げると、野島の前に立ちはだかった。

野島は逃げられぬと知り、

「あずけておいた勝負、ここでつけてやろう」

野島は不敵に鼻で笑うと、猛然と打って来た。

野島の、体の重みを乗せた斬撃が伊織の頭上に落ちた。

だが伊織はこれを撥ね上げると後ろに飛んだ。

野島は今度は上段に構え、息を吐く間もなく、叫びながら走って来た。

――捨て身だ。

伊織も小走りして、二人は激しく打ち合って擦れ違った。

擦れ違った次の瞬間、伊織は振り返って、野島の肩を打ち据えていた。

野島はよろよろと燃えている提灯の側まで歩いて、そこに重たい音をたてて頽《くずお》れた。

きらりと残りの手下を睨んだ時、一同は蜘蛛《くも》の子をちらすように、闇に消えた。

口を開けた野島の顔が、ゆらゆらと頼りなく燃える提灯の残り火に照らされていた。

「伊織様……」

「うむ」

伊織と長吉が、野島に近づいた時、

「みごとだった」

土屋弦之助が現れた。

「心配して走って来たが、無駄足だったようだな」

弦之助は言い、野島の顔を覗きながら、

「殺したのか？」

「いや、急所は外した」

「さすがだな」

晴れやかな声で言い、

「後で話すがこの男は、役目を利用して悪と手を組み、貧しい家の娘を売り飛ばしてその金を着服し、向嶋に別宅まで構えて妾を置いていたぞ。おぬしが渡し場でこやつに会った時、こやつは別宅からの帰りだったのだ」

「うむ。関八州の博徒を取り締まるのが役目の出役が、大賭博を開いて、その上がりを掠《かす》めていたとは、それだけでも大罪だ」

伊織が、野島の不様に伸びた体を見下ろした。

「野島が捕まったと知れば、勘次も恐れることなく証言出来る。長吉、目が覚めぬうちに縛り上げろ」

弦之助の声が響いた。

翌朝、宿場の高札場《こうさつば》にひとだかりが出来ていた。

晒《さらし》の杭《くい》に、後ろ手に縛り上げられた野島金之助が繋がれて、背後には大きな張り紙が張ってある。

紙には、野島の罪状の数々が書かれていた。

三人はそのひとだかりを横目に、宿場を出た。

空は青く、空気はうまかった。

野島の悪は、昨夜のうちに書状にしたため、一足早く飛脚を使って馬喰町《ばくろちょう》にある代官屋敷に送りつけている。

今日のうちに屋敷から、野島を召し捕りにやって来る筈である。

伊織は宿場の外れで、ピーピーと鳴る笛を聞いたような気がして振り返った。

その目に、黄色く輝く麦畑と、腰をまげて麦を刈る娘の姿が一瞬過ぎった。

第三話　草を摘む人

一

「伊織様、このたびのお願いは、ある噂の火元を調べていただきたいということなのですが……」

吉蔵はそう言うと、懐から手ぬぐいを出して、だるまのように丸く張った顔をぐるりと拭《ふ》いた。

日盛りの御成道は照り返しが強く、四《し》半刻《はんとき》も莚の上に座っていると汗が首にも額にもにじみ出てくる。

吉蔵などは太っている上に、水の代わりに酒を飲むから、汗もたびたび拭かねばならぬ。

せめて夏の盛りや冬の寒には、店の中で書き付けをすればいいではないかと思うのに、ここに座らないと筆も走らないのですよ、などと言い、人の心配も笑い飛ばすのであった。

姪っこのお藤でさえ諦め顔で、吉蔵の体を心配しつつも、黙って好きなようにさせている。

お藤が言ってきかないのなら、伊織などが言ってもきくわけがないから、苦笑しながらも吉蔵との話は昼間のうちは莚の上でやるのであった。

伊織も懐紙で額の汗をぬぐいながら、吉蔵の前にある素麺箱の上を見た。

吉蔵は、柳営のお役替え通達の書を書き写しているらしかった。

一般庶民には格段の興味も湧かない記録だが、しかし、大商人や諸藩の御留守居役からは、こういう記録書はすぐに問い合わせが来る。

誰が重要な役目に就くかは、商いや藩の運営には重大な関心事だった。

ただ、それを淡々と写している吉蔵にとっては、あんまり面白い書き付けではない。伊織の顔をみた途端、毛色の違った噂話に食指が動いたようである。

吉蔵は、丸い目を向けると、

「火事と喧嘩は江戸の華といいますが、もう一つの江戸の名物は、巷《ちまた》で広がる噂話です。これがなくては、江戸っ子は退屈します。人々は噂話を探しています。

ところが、たいがいは、この噂というもの、どこから出て広がったのか、誰が言い出しっぺなのか、わからない。わたしはね、伊織様、火事に火元があるように、噂にも必ず言い出した者がいる筈と思いましてね。いたずらなのか、本当の話なのか、どんな意図があってその噂を流したのか、一度調べてみたいと考えていたのです」

伊織の意を窺うような顔をした。

「ふむ。しかし、噂の火元など、容易な調べではないな」

「確かに。しかし、その調べが出来るところが、このだるま屋のだるま屋たるところですから……この御府内には、私と同じような仕事をしている者が、そうですね、名の知れたところで二、三人もいるでしょうか。しかしこの私のように、政《まつりごと》も事件も噂話も幅広く記録している者はおりません。それは伊織様方が、きちんと足を運んで見届けて下さるからではございますが、だるま屋の記録は信用に足りる、それでお客がついているのです。噂話も噂話として書きっ放しにしないでですね、これをきちんと見届けて書きたい、それが私の願いなのでございます」

吉蔵は伊織に話しているうちに、どうしても、やってほしいという気が起きたらしかった。言葉にだんだんと熱が籠《こも》ってくる。

吉蔵は、膝をよせるようにして、伊織を改めて見た。

「伊織様は、護国寺《ごこくじ》へ行かれたことは……」

「あるにはあるが……噂というのは、護国寺のことか」

「いえいえ、護国寺からまっすぐ続いている御成の大通りは、両脇は音羽町《おとわちょう》です。江戸川橋に向かって護国寺から一丁目二丁目と数えて九丁目までありますこの八丁目と九丁目の東側に久世大和守《くぜやまとのかみ》様の下屋敷がございます。その、久世様のお屋敷にくっついて廃寺同然のさびれたお寺があるのですが」

「田中八幡《はちまん》の別当か」

「はい」

「噂というのは、その別当のことか」

「はい、さようでございます。その別当寺に住む尼さんが信仰する大日様《だいにちさま》が大した御利益《ごりやく》があるとかで、今年の初めあたりから評判を聞いて駆けつける者たちがいて、近頃は列を成しているときききます。無住寺同然の破《や》れ寺《でら》だったその寺が、どうして突然そんなことになったのか、本当に御利益があるのかどうか、首を傾げたくなります」

「ふむ」

伊織は、ふっと昨年の春、嫂《あによめ》の華江の供をして護国寺の中にある西国三十三霊場を回った時のことを思い出していた。

護国寺は寺地三万六千坪、五代将軍綱吉《つなよし》の生母桂昌院《けいしょういん》由来の寺だが、広大な山内西方には山あり谷あり、池もありと、西国の札所を模して、ここに一番から順番に三十三の観音堂が建てられていて、人々はこれを回って祈りを捧げるのだが、春には桜、秋には紅葉を楽しみながら参拝する。

御府内の人間なら、一度は参りたい寺である。

嫂の華江もご多分にもれず、一度三十三所を回りたいなどと言い出して、供の者も伊織と警護の家士一人、他には女中二人という軽い仕立てで出かけたのである。

ところが、三十三所を回り、ついでにあちらもこちらもと回っている間に華江は足を痛めたらしい。仁王門《におうもん》を出たところで伊織は華江を駕籠に押し込んだ。足は医者に診せた方がよいだろうということになり、駕籠は急ぎ足で屋敷に帰っていったのである。

それで伊織は、ぶらぶら散策しながら帰ることになったのだが、足のむくまま八幡坂にまわった時、久世大和守の下屋敷に隣接してあった閑寂とした粗末な寺の庭をふと覗き見たことがあった。

ところどころ崩れかけた土塀の向こうに荒れた境内が見え、思いの儘《まま》に草の生えた築山《つきやま》に白い頭巾を被った尼僧が一人蹲《うずくま》っていた。

膝側《そば》に小さな籠が置いてあり、尼僧は草の中から何かを摘み取っていた。

伊織は足を止めた。

尼僧がまとっている、うら寂しい風情が気になった。

薄紫の法衣の背に落ちている春の日の名残りによるものかと思われたが、そうではなかった。尼自身の内面から、本人も気づかないままに、かげろうのように立ちのぼっているものだと思った。

落とした白い横顔には、そこはかとない哀しみが漂っており、それは草の上に伸ばした細い手の表情にも現れていた。

前身はどのような人だったのかと見ていると、尼僧がふいに籠を抱えて立ち上がった。

草摘みの場を変えようとして、伊織に気づいたようだった。

びっくりしたように見返してきた尼僧の面立ちの麗しさに、伊織は慌てて小さく頭を下げた。

尼僧も笑みを浮かべて頭を下げたが、伊織がどぎまぎしている間に、荒れ寺の庫裏《くり》に消えた。

娑婆の視線にさらされるのを避けるような消え方だった。

伊織は、陽炎《かげろう》のなかに見た白日夢のような気がして、その寺を離れたが、しかしあの時の光景は、なぜか忘れずに胸にあった。

「伊織様」

ほんのいっときだが思いに耽っていた伊織の耳に吉蔵の声が聞こえた。

「何をお考えなので」

吉蔵は怪訝な顔をして覗いている。

「いや、なに、噂の火元を探せというのは、雲をつかむような話だなと、まあ、そんなことをな。大体噂というものは、誰が言い出し、それがどう人から人に伝わったのか、皆目わからないから噂というのではないか」

「そこをなんとか」

吉蔵の眼は、もはや輝きを増して好奇の炎を燃やしている。

こうなると、吉蔵はもう後には引かなかった。

「土屋殿には話したのか」

「あのお方は、家計のこともおありですから、すぐにお手当てにつながるようなことでないとよい返事はなさいません。別の見届けをお願い致しました」

「吉蔵……」

「まあ、よろしいではございませんか。瓢簞《ひょうたん》から駒、面白い話に出くわすかもしれません。気軽にやって下さいませ。気軽に、気軽に……」

吉蔵は、調子のよいことを言った。

「伊織様、おじさまがわがままを言って、申し訳ございません」

お藤に店の中に招き入れられて手を合わせられると、伊織も断るに断れず、お藤が出してくれた団子を頬張り茶を飲んで、外に出た。

「ほう……西蔵寺《さいぞうじ》というのかこの寺は……」

伊織は言うとはなしに、行列を作っている人の後ろから檜《ひのき》の板に黒々と書かれた寺の名を見て呟いた。

間違いなく、あの尼僧がいた寺だった。

西蔵寺という名は、ここに来るまで知らなかったのである。

寺を参詣する行列は、八幡坂の方にも、また音羽町に続く道にも列を作ってい て、人々は口々に『大日如来様《だいにちにょらい》』がなんとかかんとかと、しゃべりあっていた。

暇を持て余しているのか、それとも信仰深いのか、江戸の住人は、あっちの稲荷がよろしいようだと聞けばそこに走り、こっちがいいと聞けばそこに走って御利益を求めるのである。

伊織が驚いたのは、その人気もさることながら、寺の塀は綺麗に修理してあるし、庭は手入れが行き届いて、伊織が覗いたあの時の寺とは見間違えるほど様変わりしていたことだった。

寺は大日如来人気で、相当儲けているらしかった。

それは、大日如来を拝んで出て来る者たちが、ありがたそうに手にしている御札や御守りのような品を見ても察せられた。

考えるに、お賽銭《さいせん》だけでもこの人出なら相当な金額になる筈だった。

人の列に紛れて庭に入り込んだ伊織は、

「長吉……」

手に御札を持って出て来た長吉の姿を見て驚いた。

「これは伊織様」

長吉は、慌てて御札を懐に忍ばせた。

「いえね、女房がうるさく御札を貰ってきてくれなどと言うものですから……」

「しかし、この賑わいは……」

伊織は、境内を見渡して、一隅によしず張りの水茶屋まで出ているのを眺めながら、手早くここに来た訳を長吉に告げた。

「そうでしたか。あっしもこれから、吉蔵の親父さんに会いに行くところだったんですが、親父さんの話はこの寺の話だったんですか。親父さんも酔狂なことだ」

「土屋殿は別の見届けをやっているそうだ。お前は手伝ってくれるな」

「やれと言われればやりはしますが、伊織様、考えてもみてくださいまし、あの人たちの一人一人を捕まえて、噂は誰から聞いたと糸をたぐっていく、こりゃあ一年や二年で終わる仕事じゃござんせんぜ」

長吉は、押し合いへし合いの参拝客を見て溜め息をついた。

そして、ぽつりと言った。

「昔は狸《たぬき》や狐《きつね》が出没しそうな寺だったのに、変われば変わるものです」

「長吉、お前はこの寺の昔を知っているのか」

「へい。まだあっしが十手を持っていたころの話でございます。破れ寺だったこの寺が、博打場になっているという噂がありやしてね、それとなく足を運んで来たことがありました。しかし、あっしのつかんだところでは、せいぜい蕎麦一杯分の銭を賭けてのなぐさみでした。集まって来る者もてえした顔ぶれじゃねえ。そんな輩《やから》のために寺社奉行所方へわざわざ届け出るのもと、以後は放置したことがありやして」

「ほう……実は俺も一度、この寺を覗いたことがある。その時は尼僧がいたのだが」

「確かに上品な尼僧は、あっしも見ました」

その尼僧に、大日如来の話を聞いてみるのも一つの案だと、二人は大日如来を安置している堂に向かった。だが、絵馬や御札を売っていた若い僧は、

「その方は『秀蓮尼《しゅうれんに》』という尼僧ですが、ここが有名になり、堂の建て替えが始まったところで、どこかに移っていかれました」

と言う。

「何故だね。自分の代に、せっかく有名になった堂を放って行くとは、何かあったのか」

「さあ、私たちにはわかりません」

本堂の和尚に聞けば、どこに参られたかご存じかも知れませんと僧は言った。

伊織と長吉は、人に揉《も》まれるようにして堂から出てくると、その足で本堂への参道に出た。

石畳を踏んで進み、本堂前を掃いていた小坊主に、和尚に会わせてほしいと頼むと、小坊主は「はい」と元気のいい声で返事をして、庫裏の方に駆けて行った。

すぐに小坊主が戻って来て、きざはしに腰掛けていた二人を本堂の中に上げ、茶を出してくれた。

和尚は頃合を見て現れた。

「秀蓮尼の何をお知りになりたいのですかな」

和尚はちらっと警戒の眼を向けてきた。

「怪しい者ではござらぬ」

伊織は、御成道にあるだるま屋という本屋の主の意を受けて、評判の大日如来を拝観しに来たのだと言い、大日如来とあの堂で起居を共にしていた尼僧はどちらに参られたのかと聞いた。

和尚は、伊織の人品、卑しからずと読んだようで、警戒の色を解くと、

「秀蓮尼は、半僧半俗の尼でございましてな、訳有りのお人でござった。さる知《ち》音《いん》の和尚から預かって、堂のお守りをして貰っておったのじゃが、人の眼にはつきたくない、隠遁《いんとん》の暮らしをしたいと申されてな、それが突然寺を出ると言ってきた。どこに行くとは言わなんだ」

「では、和尚は行き先は知らぬと……」

「存じません。せっかく堂の評判も高まって、少しはましな暮らしも出来るものを、堂が有名になったばかりに身を隠すとは……皮肉なことじゃ」

「武家の出と見受けられたが……」

「はい……しかし、先程も申しましたように、どこのどなた様のお身内かは聞いてはおりません。これまでにあのお方を訪ねて参った者は、魚河岸で働いているという熊蔵《くまぞう》という大男ひとり」

「熊蔵ですか……」

「そうです。かいがいしく身の回りをお世話しておりました。ここを出ていく時にも丁寧な謝辞を述べて……あの男が新たな住家を見つけてきたのかも知れませんな」

和尚は隠し事をしているようには見えなかった。

「もう一つお聞きしたいが、そういうことなら、なぜこちらの仏像がこんなに評判になったのだ。その尼僧が知恵をめぐらしたというわけでもあるまい」

「はい。おっしゃる通りでございます。仏様は昔からあったもので、作者も寄進した人の名もわからぬものでした。秀蓮尼がその仏様に朝晩手を合わせて祈りを捧げていたことは間違いありませんが、この寺は檀家もおらぬゆえ、どうしてあの仏様のことがこんなに知られるようになったのか、私にも秀蓮尼にも見当もつかぬことでした。ある日より突然人々が押し寄せて、仏様を拝ませてくれという。そのうちに、御札を出して欲しい、絵馬もなどと参拝者の方から言い出す始末で、秀蓮尼や拙僧が何か仕掛けたという話ではございません。霊験《れいげん》あらたかなどという噂の出所などわからないのです」

和尚は苦笑した。

伊織と長吉は、それで腰を上げた。

「どうもおかしな話でございますね。普通、この手の噂が流れる時には、仏像なり稲荷なりをお守りしている者たちが知らないということはないのですが……」

「うむ」

「やっぱりあっしは、尼僧が鍵を握っているように思いやすね」

とはいえ、これは大変な仕事を請け負ったものだと、長吉は溜め息をついた。

その長吉が、境内に立ち尽くしている一人の町人に目を止めた。

「あの男……」

長吉がその男に近づこうとした時、男は人の列を分けて、その向こうに消えた。

「おい、ちょっと」

長吉は、後を追ったが見失ったのか、すぐに引き返して来た。

二

「伊織様、気が遠くなるなどと、伊織様らしくもない。まだ始まったばかりではございませんか。それに、何度も申し上げますが、誰かが触れまわらなかったら、こんなことは起こり得ません。ひょっとして、その、美しい尼さんが実はとんでもない策士ってこともある訳ですし」

吉蔵はそう言いながら、恨めしそうに外を見た。

先程まで叩きつけるように降っていた雨足が、少し弱くなってきたようである。

吉蔵はにわか雨だと思ったのか、慌てて店の中に運び込んだ莚や素麵箱が、まだ店の土間の片隅に置いてある。

雨が止んだら、店の外にまた莚を敷くつもりらしい。

「おじさま、もう外に出るのは無理ですね。これだけ湿ってしまっては、莚を敷いてもすぐに濡れてきます。今日は日記をつけるのは止して、少しゆっくりなさってはいかがですか」

お藤は、麦湯を入れ替えながら、落ち着きのない吉蔵を見た。

さすがの吉蔵も溜め息をついた。

子供が外に遊びに行ってはいけませんと母親に言われ、しょぼくれているような姿だった。

「伊織様、ごゆっくり」

お藤は、あでやかな笑顔を見せると、店の棚の古本を整理している文七に、

「文七、今月の御記録帳、安藤様のお屋敷に届けましたか」

「いいえ。ご用人様はまだお体がすぐれないのですか」

「ええ、そのようです。ですからこちらから届けてさし上げないと」

「わかりました。じゃ、雨が止んだら行って参ります」

「両町御奉行所にも、届けてきて下さい」

「はい」

「いえ、やっぱり御奉行所へはわたくしが参ります。お前は土屋様のおうちに回って、奥様にお願いしている写本が出来たかどうか、様子を見てきて下さい。次のお仕事もございますし、少し急いでいるのだとお伝え下さい」

お藤は、てきぱきと言いつけると、もう一度伊織に笑みをくれて奥に消えた。

雨ばかり見て座り続けている吉蔵に比べ、お藤の働きはあざやかに見えた。

「吉蔵、お藤がいなかったら、たいへんだったな」

「はい。確かにそうではございますが、あれでなかなか気の強いところがございましてな。まっ、そこがお藤のいいところでございますが……伊織様、その尼さんですが、調べて頂けませんか。何だか興味が湧いて参りました」

吉蔵は雨から目を離して、側にいる伊織に首を回した。俄に尼僧が気になり始めたようだった。

「ひでえ降りだ」

戸口から一際湿った空気が流れ込んだと思ったら、長吉が飛び込んで来た。

傘はさして来たようだが、両肩のあたりが濡れていた。

「伊織様、昨日西蔵寺にいたあの野郎、思い出しました」

　長吉は手ぬぐいですばやく肩や足元をぬぐいながら、上がり框に腰を据えた。

「弥助《やすけ》といいましてね、御納戸《おなんど》町の八百屋の息子です。あっしがあの寺で博打が行われていることを知り、張り込んでいた時に、喜々として一番乗りして来ていた男が、あの男でした」

「すると、博打を打っていた者たちの一人だったのか」

「へい」

「その頃、尼僧も寺にいたのだな」

「その通りです」

「よし、弥助という男に会ってみるか」

　伊織は、雨の上がるのを待って、長吉と一緒に御納戸町の八百屋の店先に立った。

「足元にお気をつけて」

　ちょうど、弥助は客を送り出したところだった。

　藍染《あいぞ》めの前だれが良く似合っていて、昔博打場に走っていたなど、まさかと思えるような実直な八百屋そのものに見えた。

「弥助さんだね。すまねえが、ちょいとそこまで来てくれねえか。店番には親父さんがいるんだろ」

長吉は、ひょいと店の中を覗いた。

「誰ですか、あんた……」

「昔十手を預かっていた長吉というもんだが」

「ちょっと……」

弥助は顔色を変えた。奥を窺うようにして、

「おとっつあんは亡くなりましたよ。あたしに何の用ですか」

むっとして言った。

「あんた……」

甘えた声がして、奥から下駄を鳴らして、ふっくらした女が出てきた。

「あら、いらっしゃいませ」

女は愛想のいい声をかけて、

「あっ、いけない」

何かを思い出したらしく、また奥に引き返して行った。

「こまります、帰って下さい」

弥助は顔色を変えて言った。

「今更、昔西蔵寺に集まっていたからってどうこうしようというんじゃあねえんだ」

長吉は笑って言ったが、その眼は鋭かった。捉《とら》えたら逃がさない、昔の、凄腕《すごうで》と呼ばれた時の岡っ引の視線だった。

「旦那、かんべんして下さいよ」

「なあに、ちょいとしたことを聞きてえだけなんだ。一杯おごるぜ。昔のことも二度と言わねえ」

「わ、わかりました。約束してくれますか。ご覧の通り女房もらったんですよ、あいつはなんにも知らないんだから」

「じゃあ、そこの角を曲がったところに飲み屋があるだろ。そこで待ってる」

長吉が弥助の耳に囁《ささや》くと、弥助はようやくほっとした顔をして頷いて、

「おい、おみつ」

亭主然として呼び、奥に消えた。

「旦那、いや、親分は、ほんっとに、人が悪いんですから、わたしは肝を冷やし

ましたよ」

弥助は、余程長吉の脅しが堪《こた》えたのか、酒を飲みながら何度も繰り言を言った。しかし、酔うほどに、その繰り言も酒の肴《さかな》にするという陽気さを持っていた。

「今じゃあ御覧の通り八百屋の旦那で、お天道様《てんとうさま》の下を大手を振って歩ける人並の暮らしをしているんですから」

「安心しな。博打なんてものは現場を押さえない限り、咎めることは出来ねえんだ」

長吉は側で静かに飲んでいる伊織をちらりと見た。

伊織は苦笑して、二人のやりとりを聞いている。

「お武家様、秋月の旦那でしたね。あなた様が証人ですから……長吉親分、いいですね。でないと女房に見限られます。あたしたち夫婦はおまえさん……なあんだい……って具合にね、楽しくやってるんですから」

弥助は伊織に頼み、長吉に念を押すと、胸に手を置いて夫婦の痴態を演じて見せた。

「ちっ、まったく……肝心なことを話してくれ」

長吉が、呆れ顔で言った。

「わかりました。話します、話します……」

弥助はようやく本題に入った。

その話によれば、あの御堂で弥助たちが博打をしていたのは、尼僧がやって来る前からだった。

根っからの博打打ちはおらず、皆あちらこちらの寺の祭礼で仲間になった小さな商店の若者たちだった。

なんにでも興味を示す年頃で、弥助があの破れ寺を見つけてきたことから、そこで月に二、三度集まって小銭を賭けた。

そんなところに、突然ある日、尼僧が住み始めた。

堂の中は、部屋が四つあった。

表にある部屋が一番広く、ここは本尊大日如来座像を祭っている部屋だった。

そうして裏側に部屋が三つあり、尼僧が起居しはじめた部屋は、裏側の一部屋だった。

弥助たちが当初から遊んでいたのは仏像のある部屋だった。

尼僧が住むようになっても、夜はこの部屋には滅多に入って来ることがなかったために、弥助たちは昔と同じ様に片隅に集まって賭け事をして遊んでいた。

ところがある夜のこと、尼僧がとうとう気づいてしまった。

逃げ出そうとする弥助たちに、

「お待ちなさい」

尼僧は静かに言った。

振り返って、手燭《てしょく》を持った尼僧の美しさに、一同は虚を衝《つ》かれたように立ち止まって見た。

尼僧は笑みを湛《たた》えて、

「仏の前で賭け事とは……今夜限りでおやめなさい。見たところ、たいしたお金は賭けていないようですが、罪は罪です」

ぽかんと見ている皆を見渡した。

しかし弥助は、自分たちがやってるのは遊びのようなもの、黙って見過ごしてほしいと言ったのである。

「な、なんだ」

尼はくすくす笑った。

笑われていきりたってみせた弥助に、

「悪いことは出来ないお顔ですよ。あなただけではありません。ほら、あなたも……あなたも……」

尼は、一人一人を手燭でかざすようにして言った。

結局その日は、二度と博打遊びはやらないと約束して引き上げたが、半月ともたなかった。

また皆で忍び込んで博打をやり始めたのである。

そんなある日、尼僧の部屋で悲鳴が上がった。

一同が廊下を渡って裏の尼僧の部屋に駆け込むと、猫ほどのねずみがいるのだと言って震えていた。

若者たちは、先を競うようにして、このねずみを退治したのである。

若者たちにしてみれば、尼僧と交わした約束を反古《ほご》にして、また空き部屋で博打遊びをしていた心苦しさもあったのだが、なにより、弥助たちが博打を打つ姿を、ときおり、哀しげなまなざしで見つめている尼僧の姿が、ずしりと胸に堪えていたのである。

しかし、これを機に、尼僧と弥助たちは親密になった。ささやかな罪を共有している者同士の奇妙な信頼関係が始まったのだと弥助は言った。

「相変わらず博打遊びは続けておりましたが、負けが込んだりすると秀蓮尼さんの部屋にふらりと行って、お茶を頂いたりして……」

弥助は、思い出して笑った。

穏やかで懐かしそうな笑いだった。

「やがて、だんだんに誰もが秀蓮尼さんを慕うようになりまして、なんでも相談するようになっていったんです。秀蓮尼さんは何を聞いてもころころとよく笑いました。その笑い声を聞きたくて、競って面白い話をしたものです」

ところがある日、弥助は秀蓮尼の腕にある刃物の傷跡を見た。

だが秀蓮尼は、

「これですか……死に切れなかったんですよ、その跡です。意気地がなかったのです」

こともなげに笑ってみせた。

――この、何の屈託もないような、優しげな尼にも、死ぬほどの苦労があったのか……。

若者たちは胸を熱くした。

秀蓮尼の部屋に若者たちが集まるようになると、秀蓮尼は時折、白湯《さゆ》に近いような粥《かゆ》を出してくれた。

これが美味かった。

そのうち皆はそれぞれ勝手に粥の具を持ち寄るようになり、粥の晩餐《ばんさん》を楽しむようになっていた。

「もう、俺たち、博打はやめることにしました」

ある晩、粥を食べた後に、皆で秀蓮尼に誓った時、秀蓮尼の目から涙がこぼれ落ちた。

秀蓮尼の涙は、母の涙のような、姉の涙のような、いや、もっと奥の深い『慈悲』の涙だと弥助たちは感じていた。

弥助は、そこまで話すと鼻を啜《すす》って、

「あの頃のことは、夢の中の話のようで、一生忘れません。そう思っています」

神妙に言い、

「それで、秀蓮尼さんに何かしてやれることはないかと皆で相談したんです。誰だったか突拍子もない案を出した。それが、秀蓮尼さんが毎日祈りを捧げている大日様が、霊験あらたかだと皆で触れ回ることでした」

「何……すると、噂の仕掛け人はお前たちだったのか」

伊織が啞然として、弥助を見た。

まさか、こんなに早く、噂の火元が見つかるとは、考えもしなかった伊織である。

「はい、仲間は十人、それが、それぞれが身近なところから噂を始めたのです。それが百人になり千人になるのは、あっという間でした。ほんの思いつきでやったことが、こんなにうまくいくなんて、我ながら信じられない思いでした。ところが、これで暮らしぶりも豊かになると思っていたのに、秀蓮尼さんは私たちにも何も言わずに、どこかに行ってしまったのです」

馬鹿なことを、余計なことを致しました。あのお方はきっと、世間の眼を浴びるのが迷惑だったに違いありません。それにも気がつかずに噂をまき散らした私たちがうかつだったと、弥助は溜め息をついた。

「今思えば、秀蓮尼さんは、寺に人の姿を見ると、怯えていたように思うのです」

弥助は、出来るなら無事でいるのかどうか確かめたいのだと言った。

三

伊織と長吉が、御府内の魚河岸を手分けして熊蔵を探し始めて数日が経ってい
た。
御府内で魚市が毎日昼夜を分かたずたつ日本橋周辺は、隣接の町、本船町《ほんふなちょう》、安《あん》
針《じん》町、小田原町とともにいつ歩いてもたいへんな喧騒で、肩が振れ合うなどは茶
飯事、歩き回るだけで疲れ果てていた。疲れは足だけではなく心にもきた。
秀蓮尼をどこかに移したと思われる熊蔵という男は大男と聞いていたから、河
岸で荷揚げをしているのではないかと伊織は見当をつけていた。
だが、ひっきりなしに入って来る舟の数、陸送の荷駄の数をみても、ひと一人
を捜し出すのは至難と思えた。
長吉と手分けしてここ数日魚市を調べていたのだが、伊織もそうだが長吉もさ
したる成果もないらしく、熊蔵に行き当たったという話はなかった。
伊織はついに、市場の一角で呆然として突っ立っていた。
仕事が仕事だけに、大男や屈強の体つきをしている者は、眺めてみると結構い

た。どれも熊蔵のように思えて、伊織は溜め息をついた。

その時だった。

「あぶない！」

どこかから声が飛んできたように思った時、伊織の首に、後ろから太い腕が巻きついた。

伊織は咄嗟《とっさ》に後ろの敵に背中をぶつけるようにして、敵の水月《みぞおち》に肘鉄《ひじてつ》を打った。

「うっ」

不意をつかれた声がして、一瞬、伊織の首にかかっていた丸太のような腕の力が緩んだ。

——今だ。

伊織は再び伊織の首に巻きつけようとした敵の腕を、両腕を差し込んで食い止めると、腰を落としてその右手首をつかまえた。

次の瞬間、縄抜けのようにくるりと抜けた伊織の腕が、相手の腕を後ろ手にねじ上げた。

「いててて……」

男は、腕をねじ上げられたまま、そこに膝をついた。

大男だった。

「危なかったな、しかし、さすがだ」

人混みの中から土屋弦之助が現れた。

「おい、お前は、熊蔵だな」

男の腕をぐいとねじ上げ、伊織は男の背中に聞いた。

男は座り込んだまま開き直った。

「こ、殺せ」

「何を馬鹿なことを……お前の命など狙ってはおらぬ。お前はそんなつもりで襲ってきたのか」

「…………」

「熊蔵、秀蓮尼に会わせてくれぬか。お前を捜していたのはそのためだ」

「秀蓮尼……そんな人は、し、知らん」

「知らぬ筈はなかろう。俺は西蔵寺の和尚から聞いてきたのだ」

「和尚から……」

男の腕から、力が抜けた。

「そうだ。和尚もな、そして弥助というケチな賭打で世話をかけた男たちも、皆秀蓮尼を心配しているのだ。他意はない。悪いようには致さぬぞ」

「………」

「熊蔵」

熊蔵は迷っているのか、返事をためらって、目の前に近づいて来た弦之助を険しい眼で見上げた。

「おいお前、この伊織殿はな、いや俺もそうだが、御成道にあるだるま屋の者だ。西蔵寺の仏の評判があんまり高いので噂の火元を見届けていたのだ。そういうことだ。安心するがいいぞ」

弦之助は熊蔵の前にしゃがみ込んだ。

「では、私たちの命を狙っていたのでは」

「ほう……そんな奴がいるのか」

「勘違いを致しました。申し訳ありません」

熊蔵は頭を下げた。

伊織は熊蔵の腕を放すと、

「命を狙われているのか、聞き捨てならぬ話だが」

伊織の問いかけに、熊蔵は怯えた眼を向けた。

「話してみなさい。力になれるかもしれぬ」

伊織は熊蔵に頷いてみせた。

「秀蓮尼様は、さる御旗本の奥方様でございます」

熊蔵は神妙な顔でそう言った。

その秀蓮尼が命の危険にさらされていると、思いがけないことを熊蔵が洩らしたのは、本船町にある蕎麦屋の二階だった。

伊織と弦之助が熊蔵を誘ったのだが、熊蔵は蕎麦が運ばれてきても手もつけずに、膝を揃えて座っていた。

弦之助はさっそく蕎麦に手を出したが、伊織は、魚河岸の掛合いを耳朶《じだ》にとらえながら、黙って熊蔵を見詰めていた。

熊蔵がようやく決心をして話し始めたのは、弦之助があらかた蕎麦を食べ終えた頃だった。熊蔵は膝に落としていた眼をまっすぐ伊織に向けて、

「お名前は美世《みよ》様と申されます。そして私はその家の下男でございました」

旗本の名は伏せたが、目の前の武家二人を信用しての告白には違いなかった。

「旗本の奥方ともあろう者がなぜ命を狙われる。誰が命を狙っているというの

か」

　伊織は、険しい顔で聞く。想像もしなかった事態だった。

「はい。秀蓮尼様は、お屋敷で起きたある秘密を……知ってはならないことを、知ってしまいました。それで、苦しんだあげくに家を出たのでございます」

「何、すると、奥方の命を狙っているのは家の者か」

「はい」

「なんと……」

　伊織は言葉を呑んだ。

　熊蔵は怒りを抑え抑え話を継いだ。

「御屋敷の人たちは、秀蓮尼様が生きていては困るということでございましょう、必死に秀蓮尼様の居場所をつきとめようとしているのでございます。それで私がつてを頼って、あの寺に置いて頂くようにお願いしたのでございますが、あの騒ぎです。どんなことで見つかるかも知れず、急遽寺を出て頂いて、今は別の場所に匿《かくま》って頂いているのです。ところが業を煮やした者たちが、私のまわりをうろつき始めました。私が秀蓮尼様のお住まいを知っていると考えてのことだと存じます。それで、てっきり、秋月様を奴等《やつら》の手の者と勘違い致しまして……」

「しかし熊蔵、そんなことで逃げ切れるのか」

「わかりません。今もこの店の下では、まむしの以蔵《いぞう》という男が、私の出てくるのを待っている筈です」

「何……この店の階下にいるのか」

「はい。私たちが店に入るとすぐに、後から追っかけるようにして入って来た者がいますが、間違いなく以蔵という男でした」

「以蔵……階段下に座った男だな」

「はい」

と熊蔵は頷いた。

伊織の脳裏に、目の険しい、黒い肌の男の姿があった。

その男は、伊織たちが二階への階段をのぼっている時に、その階段下近くの腰掛け椅子に背を向けて座ったのである。

妙に神経に障る、毒気を感じさせる男だった。

伊織はその男をちらと見た時、妙な違和感を持った。肌が日に焼けて黒いとはいえ、魚河岸で働いている者たちとは明らかに雰囲気が違っていた。

「何者だ、その以蔵というのは」

「目明かしです」

「目明かし……」

蕎麦を食べ終えた弦之助が、箸を置いて熊蔵を見た。

「すると、目明かしのまむしの以蔵という男は、秀蓮尼殿の命を狙っている輩につながっている、そういうことだな」

「申し訳ございません。それ以上はお答えすることはできません。それに、秀蓮尼様のところにお連れすることもできません」

「熊蔵」

「はい」

「お前一人では、防ぎきれないのではないか。も少し仔細《しさい》を話してみろ」

「いえ、有り難いことではございますが……皆様のお志は重々にお伝えいたしますので、これでご勘弁下さいませ」

熊蔵は、手をついた。

「まっ、そういうことなら詮索《せんさく》はすまい。しかし熊蔵、何か困ったことが起きた時には知らせてくれ」

伊織が労《いたわ》るように言った時、熊蔵は突然うつむいた。歯を食いしばって、一点を見つめていた。その眼にゆらゆらと揺れているものが見えた。

「能蔵……」

「嬉しいのでございます。有り難いのでございます」

熊蔵は声を詰まらせた。

図体《ずうたい》に反して、意外と気が弱いのかもしれなかった。

「よし、俺が先に下りて、以蔵とかいう野郎をからかってやる。お前はその間に去れ」

弦之助が立ち上がった。

「伊織様……」

その時障子が開いて、長吉が顔を出した。

「以蔵は帰りました」

「何、帰った……おい長吉、どうしてお前が以蔵を知っているのだ」

「へい。昔、昔と言っても三年前でございますが、ある賭場を急襲した時、奴もひっかかったんです。するとすぐに、代官桑山修理《くわやましゅうり》様の使いだという者が参りやして身柄を持っていってしまいやしてね。奴は罪を免れたんです。あっしもその時のことは忘れちゃいませんが、奴も覚えていたようで、さっきあっしの顔を見ると、すっと出て行きやした」

「すると何か、以蔵は桑山という代官の手の者か」

「はい、代官桑山修理様がおさめる北信濃《しなの》の土地の者で、博打で渡世をしているならず者ですよ」

「それが目明かしだと」

「桑山様の犬、と言った方がよいかもしれやせん」

「では、秀蓮尼殿というのは、代官桑山の奥方か」

弦之助は、確かめるように熊蔵を見た。

熊蔵は目を逸《そ》らした。

そして頭を下げると、そのまま逃げるように部屋の外に出て行った。

四

桑山修理の代官所、北信濃の上之条《かみのじょう》に調べに行っていた長吉が戻ったのは、御成道にことのほか砂塵が舞い上がった夕刻だった。

お藤が店の外の軒行灯《のきあんどん》に灯を入れてまもなく、

「お藤さん、今戻りました」

振り分け荷物に手甲脚半《てっこうきゃはん》、菅笠《すげがさ》を被った長吉が表に立った。

「おかえりなさい、おじさまも皆さんもお待ちですよ」

お藤は言い、

「おじさま、長吉さんが帰ってきました」

奥に駆け込んだ。

店の奥の座敷では、伊織も弦之助も、吉蔵と共に首を長くして、今日か明日かと長吉の帰りを待っていた。

長吉は文七が用意した桶《おけ》の水で素早く足を洗うと、座敷に上がって振り分けを脇に置いた。

「わかりましたよ、桑山代官の非道ぶりが……奥方の美世様がなぜ家を捨てたのかも……」

長吉は一同を見渡した。

そしてお藤が出した麦湯を飲み干すと、

「これはあっしが、仁助《じんすけ》という男や、村人から聞き集めた話なんですがね……」

桑山修理が、上之条五万五千石の代官所に入ったのは五年前、奥方の美世、娘の加奈《かな》とともに陣屋に入った。

熊蔵もこの時、一緒に赴任先に供をしている。

上之条は地味も良く、天候に恵まれれば、さしたる問題もない土地だった。

しかし、桑山は代官というお役目を利用して、さらなる出世を目論んでか、領地に入ると日をおかずして田畑に竿を入れた。検地のやりなおしをしたのである。

一石の土地から一石以上を上げられれば、出世は間違いないのである。

竿入れは通常、隣接する土地との争いが起こったり、災害に見舞われたりした時に行われるが、桑山はそんなことには頓着なかった。

田畑は古来より、土地の善し悪し、収穫量によって三等級に分けられている。

例えば水田なら、上田、中田、下田と分かれていて、標準高を土地の広さに乗じて算出するのである。

長い目で見て石高を上げるには、新田開発や殖産産業を奨励するが、桑山のように短期で石高を上げようとすれば、今まで中田だった土地が本当は上田に匹敵する地味になってはいないか、あるいは、年貢取り立ての範疇《はんちゅう》から漏れている土地はないかなどと調べ上げ、それで石高を増やす他はないのである。

つまりは新たに年貢の高を算出するには、竿入れと同時に『坪刈り』といって、上田なら上田の三、四ヵ所の稲を刈り取り、一坪の生産高を出し、それを基準にして上田一反歩の収穫を割り出すのだが、桑山は竿は入れたが、一坪の生産高を割り出す作業はしなかった。

当地の百姓たちは、この桑山のやり方を戦々恐々として見守っていた。

その結果、下田が中田になり、中田が上田になり、石高は一気に六万石余になったのである。

やがて稲が実る頃になり、刈り入れが始まったが、もともと五万五千石の収穫の土地を、いわば机上の計算で六万石余にした訳だから、田に実る稲そのものが増える訳ではない。

しかも桑山は、前代官が収穫高に対する年貢の割合を五公五民としてきたところを六公四民にし、年貢として取り立てた。

ところが最初の年はそれでなんとか乗り切ったが、次の年に稲の生育期に旱魃《かんばつ》に遭い、その上冷夏だったことから、例年になく不作となった。

桑山はそれでも容赦なく取り立てた。

そこで百姓たちは、緊急の時にと毎年共同で村の蔵に蓄えてきた予備米を年貢にあてて乗り切った。

だがその翌年、つまり桑山が代官となって三年目も、前年に続いて凶作となり、人々は嘆願書を陣屋に提出して、年貢の拠出高を再考してほしいと願い出た。

しかし桑山は、種籾《たねもみ》の拠出を迫ったのである。

ここにきて代官地に住む者たちは、日々の食事にもこと欠くようになった。

江戸の勘定奉行に直訴しようという者まで現れたが、そのたびにまむしの以蔵などという得体の知れない男に、首謀者たちがつかまって牢屋にぶち込まれたのである。

牢屋に入れられた者は、なぜか三日もたたないうちに病死した。

つかまったら毒を盛られて殺されるという噂が広がり、人々は恐怖のあまり何も言えなくなっていった。

そんなおり、奥方の美世は、熊蔵を供にして野草摘みに行った。

村外れで野草を摘んでの帰りのこと、美世は娘の加奈と同じような年頃の村の少女が、芋畑で首根っこをつかまえられて叱られているのを見た。

芋畑といっても、土手のような土地を利用してさつまいもを植えつけている畑で、畑とは呼べないような土地だった。

「お待ちなさい」

美世は声をかけ、少女の側に駆け寄った。

首根っこをつかまえられていることもさることながら、少女の右手の指からしたたり落ちている血に気づいたからだった。

「どうしました……」

膝を落として少女の手を取り、その顔を見上げた美世は顔を曇らせた。

粗末な衣服、汚れた顔、哀しげな少女の眼に、美世は気がついたのである。

男は少女の首根っこを放すと膝をついて美世に言った。

「これは、お代官様の奥方様で……どうぞ放っておいて下さいまし。このさつまいもは根っこに芋をつけはじめたばかりでございます。それをこの子は、掘り上げて食ってしまおうとしたんです。わが子ながら情けなくて、叱っていたところでございます」

男は少女の父で、仁助だと名乗った。

「でも傷が……血が出ていますよ」

「なあに、土を掘り起こしていて、石っころで切ったんでしょう。てえした事はありませんや」

「化膿《かのう》したらどうしますか、熊蔵」

美世は、父親の仁助を叱ると、控えている熊蔵を呼び、熊蔵が携帯していた竹筒の水で少女の指を洗った。

指の皮膚は裂けていて、血は後から後から落ちて来た。

「おっかさん……おっかさん……」

少女は傷口を見てびっくりしたのか、心細そうにしくしくと泣き出した。

「泣くんじゃねえ。おっかさんは死んじまって、もうこの世にはいねえと言ってるだろ。何度言えばわかるんだ」

仁助が怒鳴った。

「母御は亡くなったのですか」

美世が驚いて聞くと、女房は過労が重なって先月あっという間に亡くなったのだと仁助は言った。

「大丈夫ですよ、しっかりなさい。あなたのおっかさんはね、ずっとお空からあなたを見守っていますよ」

美世は指の血を拭き取りながら、少女に言った。

「本当……」

少女は美世を見下ろした。疑うことを知らない黒い眼で見つめていた。

「本当ですとも……どこにいても見ていますよ。おっかさんですもの……忘れるものですか」

美世は優しく話しかけながら、熊蔵が差し出した印籠《いんろう》から薬を出してつけ、胸元から絹の手巾を出して惜しげもなく引き裂くと、少女の指をしっかりと巻いた。

「奥方様……勿体ねえことでございます。ありがとうございます」

仁助は、地に頭をこすりつけた。

「仁助さん、幼いこの子が、まだ掘ってはいけないお芋をとろうとしたこと、この子が悪いのではありません……よほどひもじかったのですよ……苦労をかけているのですね」

美世は言い、顔を背けると涙を拭《ぬぐ》った。

「奥方様……」

仁助は、思いがけない言葉に平伏したというのである。

長吉はそこまで話すと、

「そのことがあってから、百姓たちの間では、奥方様は自分たちの味方だという話が広がった。やがて、奥方様を通じて年貢の軽減をお願いしようということになり、仁助をはじめ数人の者たちが密かに美世様に面会を求めたというのです……」

陣屋敷の中庭で、仁助たちから美世は嘆願書を受け取った。

だがこの光景を桑山その人に見つかったのである。

激怒した桑山は、廊下から見下ろして、美世を厳しく叱り、家来に美世を座敷に閉じ込めろと命令した。

仁助たちはびっくりして、奥方様が悪いのではない、自分たちが勝手に押しかけたのだと説明した。

「こしゃくな、百姓の分際で何を言う。命が惜しかったら去れ」

桑山は、虫けらでも追っ払うように手を振った。

「あんまりではねえか」

仁助について来ていた若者が口走った。

皆が制するのを振り切って、若者は桑山に歩み寄った。

「慮外者!」

桑山は、側にいた家来の腰の刀を引き抜くと、足袋のまま庭に走り下りて、一刀のもとにその若者を斬り捨てたのである。

「ああ……」

美世は走り寄ったが遅かった。

「むごいことを……」

美世は、非難の眼で夫の桑山を見返したという。

長吉はそこまで報告すると、苦々しい口調で言った。

「美世様が陣屋敷を出たのは、まもなくのことだったと……」

「とんでもない代官ではないか。伊織、おぬし、兄上殿に申し上げて、なんとかならんのか」

弦之助が息巻いた。

「その必要はありません。桑山修理はひと月前にお役御免になって、江戸の私邸に戻っているようです」

「まことか」

「はい。しかし、咎められてのお役御免ではありません。おそらく、ひと息ついたら勘定方にでも出仕するのではと言われているようです。なにしろ、代官の時代に、あちこちに賄賂《わいろ》を送りつけてお膳立てをしていたようですから……」

「新たに出世を目論む今となって、悪行を見ている妻が邪魔になってきた……そういうことでしょうかな」

　吉蔵が言った。

「必ず殺されるぞ、秀蓮尼は……」

　弦之助が一同を見渡した。

「しかし、正面切ってこのだるま屋がかかわるのはどんなものでしょう。だるま屋は、事件の真相を見届けるのが仕事ですから」

　吉蔵は迷いをみせた。

「おじさま、おじさまは何をおっしゃっているのでしょう。この世に起きた出来事の真実を見届ける、そしてそれを書き記す。おじさまはいつも私にそうおっしゃっています。確かにそれは大切なことですが、でもそれだけでは、あってはならないことを黙って見過ごすことになります」

　お藤が、咎めるような口調で言った。

「お藤……気持ちはわかるがな、相手が悪すぎる」

「だるま屋の先行きを心配しているんですね。人の命よりだるま屋が大切なんですか」

お藤は厳しい口調で続けるのであった。その信念に誰もがたじたじとなった。

「おじさまがそんな人だったとは……そういうことなら、私、この家を出ます」

「お藤……これは、私だけの杞憂《きゆう》ではない。伊織様や、土屋様や長吉さんの身の上にもかかわることです。皆さんが危険な目に遭うと思えば、はたしてお願いしていいものかどうか」

「吉蔵」

黙って聞いていた伊織が口を開いた。

「どこまでやれるか知れぬ。だが、お藤の言う通りだ。俺は出来る限りのことをやってみるぞ」

伊織は弦之助と長吉を見た。

二人は伊織をしっかりと見返して頷いた。

「よし、決まったな」

伊織が言った。

五

熊蔵は、先刻から尾けられているのに気づいていた。

だるま屋の者たちと蕎麦屋の二階で会って後、しばらくは以蔵の影は見えなかったが、今日魚の荷揚げ場に以蔵がまた現れたのである。

熊蔵は知らぬふりをしていたが身震いした。

また見張られる日が続くのかと思うと、落ち着かない。

いや、それよりなにより、秀蓮尼様の隠れ家をかぎつけられてはまずい。

そう思うと緊張は極度に達して、以蔵の気配が遠のくと、ぐったりと疲れていた。

熊蔵も今年で三十歳になった。

秀蓮尼は五歳ほど上だと思うが、桑山家に奉公に上がった時から、熊蔵にとっては遥《はる》か峰の上に咲く、美しい花だった。

二十歳の時に、年老いた父にかわって桑山家に上がったが、その時秀蓮尼は美世といい、加奈という子まで成していたが、しっとりとしたその風情には、麗人とはこのお方への言葉ではないかと思われて、熊蔵は嘆息した。

しかも美世は優しい心の持ち主だった。

さる御旗本の養女であったのを妻にと迎えられたらしいが、実の母も父も失っていて、何ごとかあっても養家はむろんのこと、実家に泣きつくなどということも出来ない身の上で、頼るは夫の桑山修理の他はない身分だった。

側に仕える熊蔵も、そこまでしか美世の生い立ちは知ることはなかったが、美世は芯に強いものを持っていて、誰にも優しく明るかった。

下僕の熊蔵にも、隔たりを持つことなく接してくれた。

幼い加奈を熊蔵が背中におんぶしていると、加奈から伝わってくる心細い肌のぬくもりが、美世のような気がして、熊蔵は至福のときを味わうのだった。

だが、夫の代官桑山が、卑劣な手口で村人から年貢を吸い上げるのを見ていた美世は、口には出さないが、夫に対する憤りを持っていたようだ。

百姓仁助の娘の手を手当てした時の様子は、熊蔵には忘れられない出来事だったし、陣屋の庭で見た惨劇の後の美世の嘆きは、熊蔵だけが知っている。

桑山が次から次へと、女を陣屋に引き入れて妾にし、意のままにならない美世に、これみよがしにいちゃついて見せていたのも熊蔵は知っている。

——美世様は、辛抱の糸が切れたのだ。

熊蔵は、そう思った。

そんな美世を、桑山の家を出た美世様を人知れずお世話出来る幸せを、熊蔵は今ひしひしと感じていた。

——どんなことをしても、守ってみせる。

熊蔵は決心を改めて確めながら、後ろに追っ手を引きずって、めくらましのために当てもなく歩いていたが、後ろにただならぬ殺気を感じたのは、道浄橋《どうじょうばし》がすぐ目の前に見える伊勢町の空き地だった。

普請のための材木が積んであったが、人の影は見えなかった。

覚悟をしているとはいえ、体に戦慄《せんりつ》が走った。

ふっと後ろを振り返ると、熊蔵はまむしの以蔵ばかりでなく、桑山家の家士数人に追われていた。

「熊蔵、殿様がお呼びだぜ」

以蔵がいうが早いか、走り寄って来た家士たちに熊蔵は囲まれた。

「何の用でしょう。私はもう桑山家の奉公人ではございません」

熊蔵は、両足を広げて踏ん張った。

「そうはいかねえ。一緒に来るのが嫌だったら、美世様がどちらにお住まいか話すのだ」

「知らん」

「知らぬことはあるめえよ。大日如来で今評判の西蔵寺という寺にいたことは知れているんだ」

「……」

「秀蓮尼様というらしいな」

「以蔵……」

熊蔵は、真っ赤な顔をして両手を広げた。

のっしのっしと、以蔵に迫った。

「うわー……」

熊蔵がうなり声をあげて以蔵の喉元をつかんだ時、熊蔵は右の腿《もも》に衝撃を受けた。

がくりと膝が崩れるのを知った。

熊蔵は以蔵の喉元をつかんだまま、砂を上げて横倒しに落ちた。

「観念しろ」

起き上がろうとした熊蔵の喉元に、家士の刃《やいば》が突きつけられた。

その顔がゆがんで見え、一瞬吐き気を覚えてまもなく、視界から消えた。

気がついたのは、納戸の中だった。

後ろ手に縛られて転がされていた。

——お屋敷の物入れか……桑山家の、不用品を入れている納戸部屋だ。

熊蔵は起き上がろうとしたが、力が入らなかった。それどころか、ずんっとした痛みを覚えた。斬られた傷の痛みというよりは、膿《うみ》を持つ痛みだった。

腿に目を向けると、傷口の血は止まっていたが、膨れ上がって紫になっている。

痛みを別にすれば他人の物のように見えた。

熱があるのか、それとも締め切った部屋のせいか、熊蔵の体は汗でぬれていた。

熊蔵は横になったまま、ふがいなさに涙がこぼれた。

歯を食いしばって声を殺している熊蔵を、杉戸の隙間から覗き見る黒い瞳があった。

黒い瞳は、戸を開けて中にはいるでもなく、さりとて去る訳でもなく、逡巡《しゅんじゅん》しているようだった。

「熊蔵は今日も来ていないのか」

伊織は河岸から上がって来た仙富《せんとみ》という男に念を押した。

仙富は、本船町の河岸で人足を差配している者の一人で、熊蔵を使っている男である。

熊蔵がこの仙富の差配下にいることは昨日わかって、その時も熊蔵が仕事を休んでいると聞いていた。

五日に一度ほどは休みをとって、新鮮な魚を抱えてどこかに出かけるらしいから、ひょっとしてそれかもしれねえ、などと昨日は笑って言っていたが、今日の仙富は苦い顔をしていた。

「あっしも困っているんですよ、旦那。いやね、人足はいくらでも補充できるから、そんなこたあいいんだが、このまま奴が帰ってこなかったら、この先どうしたものかと……」

「何のことだ」

「奴のおふくろさんのことですよ」

「何、熊蔵におふくろさんがいるのか」

「へい。それもですよ、住むところがねえっていうもんですからね、そこの市場の、魚桶をほうり込んで置く小屋があるんですが、そこで熊蔵と住んでいるんですよ。ここの仕事で結構な稼ぎがあるというのに、どうやらあの野郎は女をどこかに囲っているようでして、魚を運んでいるのも、その女のところだろうと、あっしは見当をつけているんですがね。今日覗いたんですよ、小屋を。そしたら、いるのは伏せっているおふくろさんが一人、熊の野郎はどこに行ったかわからねえというんです。熊がいなけりゃ、たとえ小屋とはいえ置いておくことはできねえ。かといって、追い出す訳にもいかねえんで、困っていたところでさ」

「会わせてくれぬか」

「わかりやした。熊蔵には誰にも言っちゃあならねえと言われていましたので、まむしの以蔵とかいう男が来た時にも、住家は知らねえと嘘を通していたんですが……」

仙富は伊織の出現に助けを求めるように、桶置き小屋に案内した。

「それじゃああっしはこれで、仕事がありますんで」

小屋の前で仙富は、河岸に引き返して行った。

「ごめん……」

声をかけて伊織が中に入ると、むせるような生臭い小屋の奥に、番人部屋のような板の間があり、熊蔵の母親は莚の上に寝て、天井を見詰めていた。

髪は白髪に覆われていて、浴衣から覗く腕は枯れ木のように見えた。

一見、死んでいるのではないかと思われた。だが、

「熊蔵のおっかさんだね」

上がり框から声をかけると、ゆっくりと首を回して伊織を見た。

伊織は、熊蔵や秀蓮尼を心配している者だと名を名乗り、手早くこれまでの経緯を述べると、母親は、穴の開くほど伊織の顔を見詰めていたが、

「秋月様……あの子は、もう生きてはいないと存じますよ」

静かに言った。

「何……」

「ここに帰って来ない時には殿様の手に落ちたと思ってくれ、そう言われておりましたので」

「…………」

「あとはこのばばが死ぬばかりだと考えておりましたが、どうしても明かしておかなければならないことを思い出しまして、それで死に切れずにおりました。倅に遺言するつもりでございましたが、秋月様、聞いて頂けますでしょうか」

と言う。

「話は聞こう。しかし早まるでない。まだ熊蔵は死んだとは限らぬ」

伊織は板の間に上がった。

枕元に座って見下ろすと、母親は白い顔で、ありがとうございますと言った。

起き上がろうとしたが力が入らず、伊織に制されると、天井を仰いだまま、

「秋月様、私たち家族は先代の殿様に、たいへんご恩を頂いた者でございます」

母親は、はきとした言葉で言った。体の衰弱からは考えられないほどの気丈さだった。

桑山家に奉公しはじめたのは熊蔵の祖父の時代からのことだったが、先代の奥方が亡くなり、先代も亡くなったのを潮に、熊蔵の父親は暇をもらって親子三人、本所の長屋で暮らしていた。

しかし、修理が美世を娶《めと》り、もう一度奉公してほしいという使いが来た時、熊蔵の父親は亡くなっていたのだが、母親は熊蔵を夫の代わりに奉公に出したのである。

それというのも熊蔵の父親は、先代が亡くなる直前に、この先、美世を守ってやってくれと遺言されていたからである。

「美世殿を……嫁の美世殿を守ってほしいということだな」

伊織が聞く。

「いえ、その頃はまだ、美世様は婚約したばかりで、お屋敷には参っておりませんでした」

「……………」

「実は先代桑山様のお子様は美世様お一人、修理様はご養子でございましたから」

「なんと……」

「殿様は、わが子の美世様を修理様と添わせることで、自分の血を残したいとお考えになったのだと存じます」

先代の夫婦には子が産まれなかった。奥方が病弱だったからである。

そこで用人の原田佐内《はらださない》が差配して、外の女の方に子を産ませたが、その子が美世だった。

だが美世を産んだその女は、美世が乳離れしないうちに他界、先代は桑山家に引き取ろうとしたのだが、病に伏せる奥方の悋気《りんき》を気遣って、友人の旗本の家に養女に出したのである。

そして桑山家には、遠縁から修理をもらい受けたのだった。

修理の嫁には美世をという考えは、その頃から密かに考えられていた。

そういう複雑な事情を知っているのは、用人と熊蔵の父親だけだった。

「美世がこの家で幸せに一生を送り、その子がこの桑山家を継いでくれれば、いうことはない」

先代はそう言い残して死んだのである。

ところがあろうことか、美世は家を出た。

「美世様を守ることがわが家の使命、ですからその日より、このようなことも起こるかも知れないと思いまして、昔の長屋を払い、私たちもここに身を隠して暮らしてきたのでございます。美世様にお供をするということで、熊蔵も私も覚悟していたのです」

「そうか、そうであったのか」

「ただ、このばばは、せめて美世様がご無事かどうか、それを見届けてから死ねたらと、考えておりました」

「そういうことならおばば殿、そなたの心配を見届けて参るゆえ、決して死んではならぬ。よいな」

伊織は熊蔵の母に念を押し、秀蓮尼の隠れ家を聞いて、小屋の外に出た。

もう一度河岸に立ち寄り、仙富に一両を渡して熊蔵が帰って来るまでの暫《しばら》くの間、熊蔵にかわって面倒をみてやってほしいと頼んだ。

「しかし旦那、熊蔵は帰って来るんで」

「おふくろさんは病んでいる。明日をも知れぬ命とみたが、あの、おふくろさんの胸にあるのは倅の無事だ。そんな母を、熊蔵が残して死ねる訳がない」

「旦那……」

伊織は頷くと、仙富の肩を叩いて、河岸を後にした。

六

お藤がだるま屋の軒下から伊織を手まねいている。

店先の莚の上には、あの吉蔵の姿がない。

「伊織様……」

伊織は、足を早めた。

秀蓮尼が身を潜めているという市ケ谷の光臨院《こうりんいん》の庵《いおり》を訪ねてみたが、秀蓮尼の姿はなく、伊織は不吉な思いを抱いたまま、だるま屋に引き返してきたのである。

「何かあったのか。吉蔵はどこに行ったのだ」

駆け寄ったお藤に、矢継ぎ早に聞いた。

「とにかく、家の中にお入り下さいませ」

お藤の顔には、ただならぬ気配が見えた。

急いで店の奥の座敷に入ると、美しい尼の前に、吉蔵と弦之助が困惑顔で座っていた。

「これは……吉蔵、このお方は、秀蓮尼殿か」

「はい、半刻ほど前に訪ねて参られました。熊蔵さんが、自分に何かあったと思った時には、このだるま屋を訪ねるようにと申し上げていたようでございまして」

吉蔵は、白い顔をして座っている秀蓮尼を、ちらりと見た。

「秀蓮尼でございます。お世話をおかけします」

尼は膝に手を揃えて頭を下げた。

「秋月伊織です。たった今、光臨院の庵をお訪ねしたところでした。お姿が見えず案じておりましたが、まさかこちらにお見えになっているとは……」

「ご心配をおかけします。一人で考えておりますと、ますます不安が募るものですから。でも、先程から皆様のお話を伺いまして、信濃でのこともよくご存じで驚いております。わたくしがこちらにお願いに参りましたことは、熊蔵のことです。きっと桑山の屋敷に連れていかれたに違いありません。熊蔵を連れていく訳は一つ、わたくしの身柄が欲しいからです」

秀蓮尼は、黒い瞳を伊織に向けた。

――美しい……。

と伊織は思った。

頭巾の内に見える、透き通るような肌、形のよい唇が熟した女の色香を醸し出していた。

過去に一子をもうけたとは、とても見えない。

ほんの一瞬の伊織の妄想を、尼の言葉が遮った。

「わたくしの身と引き換えに、熊蔵を助けていただけませんか」

「つまり、桑山修理との交渉に立ってほしい、そういうことですか」

「はい」

「しかし、熊蔵が向こうの手に落ちたとはまだ断じることは出来ないと存ずるが

「……」

「いえ、桑山は、夫は、わたくしの出て来るのを待っているのだと思います。桑山はわたくしの住家を知りません」

「確かに熊蔵は、河岸から姿を消している。それが万一、向こうの手にあるとしても、あなたが出て行っては、熊蔵の苦労も水の泡」

「いいえ、熊蔵にはもう十分尽くしてもらいました。熊蔵には母がおります。病んでいると聞いております。その母を、わたくしのために悲しませるようなことがあっては、わたくしの立場がございません。どうぞ、この通りでございます。吉蔵さんにもお願いしていたところですが、わたくしの気持ちをお汲み下さいまして、なにとぞ、なにとぞ」

尼は、悲壮な顔で訴えた。

「伊織、秀蓮尼殿は是非にと申される。そこでこれは俺の考えだが、熊蔵が真実向こうの手に落ちているのなら、秀蓮尼殿の申される通り、申し入れをしてみてはどうかと」

弦之助が言った。

「いや、それは危険すぎる」

「まあ聞け。おびき出すための手立てだ」

「秀蓮尼殿にもしものことがあったらどうする」

「伊織様、わたくしで宜しければ、わたくしが尼の姿となって身代わりを……」

お藤が身を乗り出した。

「お藤、思いはわかるが、そう容易には事は運ばん。相手が相手だ」

伊織がお藤を制した時、文七が顔を出した。

「伊織様、お店に、伊織様を訪ねられてお武家の娘さんがおみえになりましたが、いかがしますか」

「武家の娘……」

伊織は、怪訝な顔をして立った。

文七の後を追って店に出ると、十四、五歳の愛らしい娘が立っていた。供の者も連れず一人で訪ねてきた様子で、その表情には思いつめた一途《いちず》なものが見えた。

「秋月様でございますか」

伊織の姿を認めるや、娘は一刻を争うように言ったのである。

「いかにも秋月だが」

「わたくしは桑山の家の者でございます。熊蔵の伝言を持って参りました」

と言う。

伊織は、驚いて娘を見た。

熊蔵の名が出たのはむろんだが、目の前に立つ娘は、秀蓮尼の娘加奈ではないかと思ったのだ。

はたして、

「わたくしは加奈と申します。熊蔵はわたくしの屋敷に捕らわれておりますが、熊蔵の申すのには、母上を、いえ秀蓮尼様を、一刻も早くこの江戸から遠くにお連れしてほしいと……」

加奈は小さな紙切れを出した。

紙切れにはたどたどしい熊蔵の字で、桑山が自分を利用して秀蓮尼をおびきだそうと画策している。自分の父親の兄が水戸の城下で大工の棟梁《とうりょう》をしている。土地では地縁も多く、事情を話せば秀蓮尼を匿ってくれる筈、そちらにお導き願いたいとあった。

「ふむ」

紙片から顔を上げると、

「よろしくお願いいたします」

加奈は一礼して踵を返した。

「お待ちなさい」

伊織が呼び止めた。

「屋敷までお送りしよう。だがその前に、そなたに会わせたい人がいる」

「わたくしに……」

「秀蓮尼殿だ。今こちらに参られておる」

「母上が……」

加奈は絶句した。その顔を、懐かしさと戸惑いが走り抜けた。

「加奈……」

秀蓮尼の声が伊織の後ろから聞こえて来た。

静かに店の中に現れると、

「加奈……大きくなりましたね。あなたにこのような使いをさせてしまって、この母を許して下さい」

「母上様……わたくし、なぜ母上様がわたくしをおきざりにして家をお出になられたのか、ずっと恨んでおりました。でもわたくしも大人になりました。大人になって父上様の日頃の暮らしを知るにつけ、母上様のお気持ちがおぼろながら、わかってきたような気が致しておりました」

「加奈……」

「このたび、熊蔵が捕らえられて納戸に押し込められました。その熊蔵から、いろいろと話を聞きまして、母上様が家を出ようと決心されたのは、父上様が村人を手討ちにしたからだと知りました。それに……」

加奈は、言い淀んだ。母と別れて暮らした五年の間に募りに募った感情が、込み上げて来たようだった。

「それに……村人の少女の手を手当てされた時、その時母上様は、おっかさんはきっとそなたを見ていますよ……おっかさんが、そなたのことを忘れるはずがないではありませんか……そう申されたと……そのお言葉は私へのお気持ちでもあると……加奈は、そう存じました」

「加奈……」

「母上様……」

二人は走り寄った。

手を取り合って、はらはらと涙を流していたが、加奈は決心をした顔をして言った。

「どうかお逃げくださいませ。逃げて、健《すこ》やかにお暮らしくださいませ」

いつ止むとも知れなかった激しい雨が、夕刻近くになって止んだ。

草も木も、ほんのひととき西の空を染めた陽の名残に、息づいたようだった。

秀蓮尼が住む小さな庵の茅葺《かやぶ》き屋根も、くろぐろとした姿を見せていた。

庵の側にある池や草むらから、一斉に蛙が泣き出した。

やがて、夕闇が庵の庭に迫り始めたその時、寺のくぐり戸を抜け、庵に走り寄るいくつかの人影があった。

一人はまむしの以蔵だった。そうしてあとの二人は手下のならず者のようだった。

いずれも腕に松明《たいまつ》を抱えている。

三人は庵を前にして立ち止まると、松明の頭を寄せ合わせるようにして置いた。

二人が蹲《うずくま》り、一人が見張りに立った。

かちっ、かちっという音がしたかと思うと、蹲っている二人の間から炎が上がった。黒い煙を上げているところをみると、布を巻いて油を染み込ませていたようだ。

それを合図に、三人はてんでに松明を取りあげると、一人は庵の戸口に走り、一人は裏に回って小窓から燃え盛る松明を放り込んだ。

庵の中は、たちまち火に包まれた。

くぐり戸まで引き返してきた以蔵がふりかえり、

「ごくろうだったな。これで秀蓮尼も終わりだ」

笑った顔が炎に隈取《くまど》られて仁王のようだった。

だがその顔が、次の瞬間凍りついた。

くぐり戸から伊織と長吉が現れたのである。

「遅かったか」

伊織は、燃え盛る炎を見た。

「まむしの以蔵。てめえ、何しやがる」

長吉は慌てて庵に駆けて行った。

寺の本堂からも、わらわらと坊さんがかけて来るのが見えた。

目の端にそれを捉えながら、

「火付けは大罪。以蔵、もう逃げられぬぞ」

伊織は言い、ずいと出た。

長吉の調べで、秀蓮尼が住む庵の前に、目つきのよくない男が佇んでいたという証言を得たのは、秀蓮尼母子が再会した直後だった。

そこで伊織は、庵に帰るという秀蓮尼を引き止めてだるま屋に匿った後、弦之助に警護を頼み、自身は長吉と二人でこの庵に来てみたのである。ところが、まさかとは思ったが庵は燃え上がっていたのであった。

「殺《や》ってくれ」

以蔵が叫んだ。同時に薄闇の中に、三人の体が三方に飛んだ。

男たちは、闇に腰を沈めて匕首を引き抜いた。

伊織が両足を広げて立った時、右手から一人、地を蹴って突っ込んで来た。

伊織は体を捻《ひね》って匕首をやり過ごし、首根っこをつかまえてぐいと引き寄せて、その足もとを後ろから払って地に落とした。すかさずあお向けになったその腹に、鉄拳を打ち込んだ。

「ぐう……」

と言う声とともに、男はだらりとそこに伸びた。

「野郎」

以蔵の声が背後で聞こえた。

すばやく体を右に寄せると、匕首は空を突いて以蔵は前のめりになった。

だが伊織が立ち上がるより早く、以蔵はくるりと体を回すと、鉄砲玉のように正面から飛びかかって来た。

火付けは大罪だと言われて、死に物狂いになったようだ。

伊織は、体を起こすと同時に、眼前に光った匕首を抜き打ちにした。

ガッという金属のぶつかりあう音と共に、以蔵の手から匕首が飛んだ。

以蔵も一間ほど飛んで、どさりと鈍い音を立てた。

「それまでだ。斬ってもあきたらぬ奴だが、法の裁きを受けるが良い」

伊織の大刀の剣先が、以蔵の喉元にぴたりとつけられた。

「伊織様……」

長吉が駆けてきた。

すると、もう一人の男の影が、脇門に走るのが見えた。

「待て」

長吉が叫ぶ。

だが、男は脇門を跨《また》ごうとして、そこに声を上げて前のめりに落ちた。

伊織が放った小柄《こづか》が、男の足首を貫いていたのである。

長吉が懐から縄を出して以蔵の腕を後ろ手に縛り上げた時、庵の周りにいた僧たちの叫びが聞こえた。

庵が焼け落ちた一瞬だった。

七

その夜、隅田川に浮かべた屋形船は、一段と賑々しく見えた。

船の中では桑山修理を真ん中にして、祝いの膳が並べられ、深川の芸者や芸妓が、華やかに三味線を奏で舞い終わったところだった。

「桑山殿の栄達を祝って、まずは乾杯だ」

若い武家が言った。他にも三人ほどの武家が修理の周囲を固めるようにして座っている。

「早々に勘定吟味役に昇進するとは、われら田舎で退屈している人間にとっては、まこと、わがことのように嬉しゅうござる」

「その通りだ。われら代官の星でござるよ」

周りの武家は、口々に修理に言った。

「おのおの方も、せいぜい年貢を取り立てることじゃ。百姓は、生かさぬように殺さぬように、これ神君様のお言葉でござる」

修理が言った。修理は上機嫌で側にいる芸者の酌を受けている。

一同は、面白そうに笑ってみせた。

その時である。

悲愴な顔をした加奈が入って来た。

「父上様……」

「加奈……どうしたのだ、こんなところに……いったいどこに行っていたのだ、心配したぞ」

驚愕する修理に、加奈は言った。

「父上様、多くの人を苦しみに陥れ、母上様まで殺そうとするなんて、許せません」

「加奈、急に何を言うのだ。ここはお前の来るところではない」

「お役目はご返上下さいませ。そして、そして、信濃の皆様にお詫びをして下さい」

「馬鹿なことを申すでない。この父の出世は、信濃での功績が認められたればこそだ。母上を殺そうとしたなどと、何を寝ぼけているのだ、お前は」

「すべての悪を見届けたお方がいます」

加奈の後ろから、伊織と秀蓮尼が現れた。

「あなた……」

「お前は美世……まさか、生きていたのか」

修理は思わず手の盃を落とし、亡霊に出会ったように妻の姿に釘づけになった。

その修理を伊織の言葉が鋭く刺した。

「桑山修理、なにもかも明白になった。まむしの以蔵もそこもとの悪を吐いたぞ。みろ」

伊織は、さらりと御簾《みす》を上げた。

「やや っ」

武士の一人が驚愕の声を上げた。

桑山の船は、ぐるりを白い提灯に囲まれていた。

「あれは、御目付の」

誰かが叫んだ。

「母上様……」

加奈が、秀蓮尼の胸に顔を埋めた。

加奈は声を殺して泣いていた。


「伊織様、本日は良いお天気でございますな」

吉蔵は、いつものように莚の上で筆をとっていた。

「ふむ。吉蔵、今度の一件、いかが記す気だ」

「はい。不思議議話というところでしょうか。これは滅多に巡り合えぬ極上のものですよ。ああ、そうそう、今度のお仕事ですが、店にお藤がお待ちしております。土屋様はまだですが、長吉さんは来ております。またひとつ、お願い致します」

吉蔵は、それだけ言うとまた筆を走らせ始めた。

「伊織、遅くなってすまん」

弦之助の声がした。

振り返って弦之助が歩み寄るのを待つ伊織の脳裏に、御目付配下の者たちに舟を寄せられ、屋形船の上で切腹して果てた修理の姿が過ぎった。

伊織の兄、秋月隼人正忠朗の計らいで、信濃国での美世の行いが評価され、桑山の家の禄は半減となったが改易は免れた。

加奈には早々に縁組が調《ととの》って、秀蓮尼も美世という元の名前に戻って屋敷に帰った。

熊蔵がまた屋敷奉公することになったのはいうまでもない。

だが熊蔵の母は死んだ。

「いくら勧めても、何も口に入れてはくれやせんでした。おふくろさんは、枯れ木が倒れるように亡くなりやした……」

看取《みと》った仙富の言葉であった。

伊織は、熊蔵の母から聞いた遺言を、秀蓮尼に伝える役目がまだ残っている。

そこまで考えた時、

「暑い暑い……おい、話が終わったら一杯行くか」

弦之助の能天気な顔が目の前にあった。

第四話　夕　顔

一

――いささか飲み過ぎた……。

伊織は、仙臺堀《せんだいぼり》に架かる上ノ橋の中ほどに立ち止まると、両手で欄干をつかんで東に抜ける掘割を見た。

黒々とした流れが時折腹を見せるように光るのは、月の光の加減かと思われた。だが、岸近くの水面《みなも》に滲んで揺れている光は、川筋にある町家の軒にかけた灯籠《とうろう》の灯の光が流れてきたものだった。

町家の軒灯籠は遠くから眺めると、人の往来が絶えた侘《わび》しげな風情の中にあるためか、まるで蛍が止まっているようにも見える。

伊織は、胸を広げて川風を受けた。

もう秋がすぐそこまで来ているのだと思った。

伊織は久し振りに昔の剣術仲間二人と今川町《いまがわちょう》の小料理屋で会っていた。

友人二人はもう立派に家の跡を継いでいた。一人は無役だが、もう一人は御城に勤め始めたと聞いた。いずれも一家の主であり、禄を頂いている武家である。

伊織一人が無役どころか、兄に食わせて貰っている厄介者の部屋住みだった。

やはりどこかで肩身の狭い思いをしながら、その実平然と構えて酒を酌み交わしていたが、

「当主になったといっても、我らは裕福なお前の家のようにはいかぬ。それにお前は、だれ恐れることのない御目付様の弟だ。羨ましいぞ」

などと友人は言い、伊織の胸をこづいてみせた。

むろん友人は伊織の心中を慮《おもんぱか》ってのことだ。だがそうはいっても苦笑するしかない我が身のふがいなさは、これは部屋住みの者でなければわからぬ心情である。

しかし、今このはるかに見える景色の中にも、多かれ少なかれ伊織と同じような憂いを抱えながら生きている人のいることを思えば、薄闇の中の風情も自分を慰めてくれるような気がしてくるのである。

伊織は、二十間はあろうと思える橋の両岸を見渡すと、再び暗い川面に目を戻

したが、ふと橋下の河岸地に舫《もや》っている船に気づいた。

橋桁《はしげた》に近く、覗くように顔を下に向けなければ気づかない場所だったが、屋根船が一艘、淡い光を放って揺れていた。

──おやっ……。

屋根船から人の背が乗り出してきた。嘔吐《おうと》しているように見えた。苦しさのためか、体は今にも船から落ちてしまいそうである。

──危ないな。

伊織が欄干から身を乗り出そうとしたその時、

「ちくしょう、冗談じゃねえや。俺を誰様だと思ってるんだ」

南袂から乱れた足音とともに、ぶつくさ言いながら、職人と思える半てんを着た酔っぱらいの男が渡って来た。

だが、伊織の姿を認めると、ぎょっとした様子で、

「こりゃあどうも、へっへっへっ……」

取り繕うような笑いをみせ、橋の北袂にゆらりゆらりと下りていった。

「ふむ」

伊織は、ひとつ用事を思い出した。

遅くなってもいいから店に立ち寄ってほしいと長吉に言われていた。

店というのは長吉の女房おときがやっている店の事で、神田川に架かる柳橋の南袂にある居酒屋のことである。

——さて。

と欄干から離れたが、ふと先程の船の上の男が気になって、もう一度橋下の船を覗いた。

すると、屋根船から身を乗り出していた男の姿はもうなかった。

それどころか船の明かりは消えていて、その船から頭巾を被った武士が一人、辺りに注意を払いながら陸に上がったのが見えた。

羽織袴に二刀差し、弱い月明かりにも武士とわかった。

武士は足早に今川町の家並みの中に消えて行ったが、その背中は先程の男の物でないことは間違いないように思われた。

すると、先程の男は酔っ払って船の中で寝込んでしまったのか——。

やれやれ心配させてと、伊織は仙臺堀を後にした。

橋を渡り終えると、松平陸奥守《まつだいらむつのかみ》の屋敷である。

黒い塀を右手にして歩き始めてすぐに、伊織は先程の屋根船のことが妙に引っかかっていた。嫌な予感がした。

伊織は振りかえって、渡って来た橋を見た。

人っこ一人いない橋の上に、薄い靄《もや》がかかっていた。

次の瞬間、伊織は踵を返して橋を渡っていた。

南袂にたどりつくと、急いで河岸に下りた。

船の中を覗いてみたが、人の影はない。

ぴちゃぴちゃと船は腹に波を受けて、たゆたっているばかりである。

伊織は、船の周囲を見渡した。目を凝らして水中を覗いた時、触先の船の腹近くに、男の羽織が膨らんでいるのが見えた。

「やっ……」

伊織は河岸から路に上がると、今川町の番屋に走った。

橋の袂は上佐賀町《かみさがちょう》だが、佐賀町の番屋は下ノ橋際にあり、上ノ橋からは距離があった。それで、今川町の番屋に走った。

すぐに番屋から小者などが走って来て、うつぶせになって水の中に浮いていた男を引っ張りあげた。

戸板に乗せて番屋に運んだが、男は既に死んでいた。男は頭に胡麻塩を乗せた初老の商人で、着衣から大店の主ではないかと思われた。

　奉行所の同心が来るまでに、伊織は男の体をざっと調べた。

「酔っ払って船から落ちて、溺死したのでしょうか」

　番屋にいた町《ちょう》役人が言う。

「いや……」

　伊織は、男の口から微かな異臭が漂っているのを知った。酒の臭いではなかった。

「俺は船から武家が降りて去って行ったのを見ている。この男と一緒にいたのだ。これは溺死ではない。毒を盛られている。毒を盛られて苦し紛れに船から落ちたか、あるいは後ろから川に落とされたか……まっ、そういうところだろうと俺は思う。役人がやってきたら俺の話を伝えてくれ」

　伊織は、御成道のだるま屋に縁のある秋月という者だと告げ、今川町の番屋を後にした。

「そういう訳でな、手間取って遅くなった」

　柳橋の居酒屋『らくらく亭』に入るや否や、伊織は待っていた長吉夫婦に言い、それで相談とは何だと店を見渡した。

客は浪人者が一人と、女連れの町人、それに老人が一人、皆腰掛け椅子に座って飲んでいた。

「まっ、二階に上がって下さいませんか。これはあっしたち夫婦には荷が重いと存じましてね、旦那にお願いしたいのでございます」

長吉は小声で言いながら、伊織を二階に案内した。

らくらく亭の二階は座敷が二つある。一つは夫婦二人の住まいになっていて、もう一つは客用の座敷である。

階段を上がると二間ほどの廊下があり、二つの部屋はその廊下を挟んで両側にあった。長吉が案内したのは、客用の座敷であった。

「ごめんなすって、失礼致しやす」

長吉が襖を開けると、窓際でぼんやりと座っている女が、心細そうな顔を向けた。

伊織は、驚いて見返した。

女は、土屋弦之助の内儀の多加《たか》だったのである。

多加は、だるま屋の古い書の写本を内職にやっている。

家は神田明神北側にある妻恋町《つまごいちょう》の裏長屋で、仕事は大概手代の文七が届けているから、だるま屋に滅多に顔を出すことはない。

ただそれでも近くに来たなどと言い、店に立ち寄ることがあり、伊織も二度ほど挨拶を交わしたことがあった。

がさつな弦之助には勿体ないような静かな人だという印象があった。

多加には、子を産んだ女の落ち着きがあり、切れ長の目が物憂い感じがする人でもあった。

立ち入って言葉を交わしたことがないから、伊織などが知っているのはそれくらいである。

「これはまた、いかがなされた。弦之助に何かあったのですか」

座敷に座るなり、伊織は座り直してこちらを向いた多加に聞いた。

それというのも、弦之助にだるま屋の仕事を頼みたくても、この半月ばかりというもの、いつ文七を使いにやっても、家にはいないのですと吉蔵がこぼしていたという話を聞いていたからである。

「ええ、それが……」

多加は言い淀み、俯いてほんのひととき考えているふうだったが、顔を上げる

と、

「秋月様……秋月様は、土屋が夢中になっている女のひとのことはご存じではございませんか」

意外な問いかけをしてきたのであった。

「弦之助に女が……はて、初耳だが、何か心当たりでもあるのですか」

まさかという気がして、問い返した。

「伊織様、あっしもあの土屋の旦那がという気持ちがあるんですが、ご新造《しんぞ》さんの話によれば、間違いないとおっしゃるのです。本当にそうなら離縁してもいいとまでおっしゃる。そんな大変な話をあっしと女房とでは……それでご新造さんにお話しして、伊織様から土屋の旦那に確かめて頂けないものかと……そして、もしもそうならば、これはあっしの頼みですが、目を覚まして頂くように伊織様から話して頂けねえものかと……」

「俺が……」

「はい」

長吉は困り切った表情で助け舟を求めてきた。

「本当に、お恥ずかしいお願いをして……でもまだ子供も幼くて、わたくし一人では決め兼ねて……この先のこともございますので……」

多加は、哀しげな顔をして俯いた。悩みは深刻のようだった。

「しかしその話が本当ならけしからんな」

伊織は腕を組んだ。

内心、これは厄介な話を聞くことになったと思った。

「あっしもね、そう申し上げたのでございますよ。多加様の話では土屋の旦那は、近頃帰宅がたいそう遅いようでして、それに襟に紅がついていたと、まあそうおっしゃるのです。土屋の旦那のことですから、盛り場でふざけでもして、酌婦の紅がついたのではないかと、あっしはそうも申し上げたのですが」

「そんなことで騙されてはいけませんよ、お多加様。男の方はいい加減なところで手を打とうなんて考えて、それは妄想だ、考え過ぎだとかおっしゃいますけどね、女の勘は鋭いのでございますからね。襟についていた紅が、ふざけていてついたものなのか、そうでないのか、そんなことピンと来るもんなんでございますよ。ねえ、そうでございましょ、お多加様」

茶菓子を運んで来た長吉の女房おときが、側から口を出した。

「いいから、お前は黙ってな」

「黙ってなんかいられませんよ。うやむやにされたら、同じ女としてご新造さんがお気の毒です。ここは、お灸をすえるところは、ぎゅっとやって頂かなくては……黙ってなんぞいられるものですか」

おときは、男二人を見据えるようにして言った。

「お多加様、うちの亭主もね、昔、そうじゃないかなと思うようなことがあったんですよ」

「馬鹿、あれはなんともなかったんだ。それをお前が大騒ぎしただけだ」

「嘘ばっかり……十手を持ってた時の話なんですけどね。ある事件で後家となったお人にころっと……私が早く気づいたから大事にはなりませんでしたが、あのまま放っておいたら、今頃こうして一緒に暮らしていたのかどうか」

おときは、きらっと長吉を睨んだ。

「夫は、家でお酒を飲むのが楽しみな人でした。それが、近頃では外で飲んで帰ってきます。毎日です。問い詰めると、誰が考えてもそんな筈はないと思えますのに、伊織様とご一緒だったと申しまして……」

多加は伊織を見て言った。本当でしょうかと尋ねている顔だった。

多加は言葉を継いだ。

夫弦之助への不信はそればかりではなく、多加に注ぐまなざしが冷たく感じられる時があるのだという。

子供に対しても突然優しくなったり、癇癪持《かんしやくも》ちのように叱ってみたり、とにかく、つい先頃までの弦之助とは思えぬ態度を見せるのだと言った。

「安請け合いは出来ぬが……」

伊織は頷いた。

多加はほっとした顔を見せた。

——弦之助め、妻女を悩ませて何をしているのだ。

伊織は、灯火に揺れる心細そうな多加の顔から、目を逸らせた。


「何かあったのか、吉蔵」

伊織は、御成道を去って行く奉行所の同心を見送りながら、莚の上の吉蔵に聞いた。

同心は伊織がだるま屋の前までやって来た時、吉蔵と話し込んでいた。だが、伊織が近づくのを知るや、腰を上げて去って行ったのである。

「これでございます。このことで参られたのです」

吉蔵は、書きかけの紙面を差した。

そこには、風聞『石塔磨きの怪』とある。

「何だこれは、どんな話だ」

「はい。近頃、あちらこちらのお寺の墓石を、何者かは知りませんが磨く者がいるらしいのです」

吉蔵の話によれば、被害というか石塔磨きにあった寺は、麻布、赤坂、芝、浅草、その他もろもろ、宗旨に関係なく石塔が磨かれており、磨かれた石塔は一寺一基のところもあるし、十、二十と磨かれているところもある。

四面全部磨いているのもあれば、一面だけ、あるいは文字一列だけというのもあり、何のために、どうしてそんな磨き方をするのか見当もつかない。

武家の墓地にも町人の墓地にも立ち入っており、最初は何か御利益でも求めて好意で磨いているのかと奉行所も静観していたが、人々が祟《たた》りだ、恨みだと騒ぎ出したことから、隠密廻《おんみつまわ》り、定町廻《じょうまちまわ》りとも探索に乗り出したのだが、少ない人員でどこの寺に張り込めば良いのか見当もつかない。

そこで広く江戸府民に石磨きを見つけた者は、すみやかに届け出るようにと町役人を通じて申しつけたが、手掛かりらしい報告は何もない。

とうとうだるま屋にも、それに関連する風聞を聞きつけた時には、即刻報告してほしいと言ってきたのだというのであった。

「ふむ、しかし何か目的があるというなら探索のしようもあるだろうが」

「はい。おっしゃる通りでございます。墓を磨かれた家の者は気味悪がってお役所に届けを出す者が日を追って増えているということでした。このだるま屋にも、何か手掛かりはないかと参られたのですが……まったく、このお江戸というのは、思いもかけない事件が起こるものでございますな。もっとものこのだるま屋は、そのお陰で繁盛しているのではございますが」

吉蔵はくすりと笑った。

「で、話というのは、その墓磨きのことなのか」

「いえいえ、今日はちょっと変わった話でございます。店の中でお待ち頂いておりますので、直接お聞き下さいませ」

「わかった。それはそうと、弦之助は来ておるのか」

伊織は店の中を目顔で差した。

「来ているものですか、いったい、どうしたっていうのでございましょうね……もっともこの話は、伊織様お一人にお願いするものです」

吉蔵は頷いた。

伊織が店の中に入ると、お藤がすぐに、奥の小座敷に招き入れた。

部屋には三十前後かと思われる浪人が座っていた。

「拙者は本田《ほんだ》永四郎《えいしろう》と申す」

男は律義に頭を下げた。

両国の西側の街、薬研堀《やげんぼり》で、近隣の子供たちに手習いを教えている者だと言った。

本田永四郎は、身仕舞いもきちんとしていて、細面の顔にきりりとした目を持つ、好感の武士だった。

「秋月伊織と申す。さっそくだが、話を聞かせて頂こうか」

伊織は大刀を膝横に置くと、本田永四郎の顔をまっすぐに見た。

お藤が新しい茶を運んで来て、永四郎の膝前の茶碗ととりかえ、伊織の前にも置いて、そのままそこにそっと座った。

本田はお藤が座るのを待って、懐から使い古した手ぬぐいに包んだ物を出した。

畳に置いた時に、小判の擦れ合う音がした。

「三十両ござる。これで、深川の櫓下《やぐらした》の茶屋『桔梗屋《ききょうや》』の伏玉《ふせだま》の遊女一人を請け出してもらいたい」

いきなり耳を疑うようなことを言った。

伏玉の遊女とは、茶屋に呼ぶ遊女のことではなくて、茶屋が直《じか》に抱えている遊女のことを言う。

これだと呼びにやる手間も省けるし、茶屋としての実入りも多い。

通常はまだ若い頃から店に入れ、下働きなどをさせながら、年頃になったら客をとらせるというものである。

「遊女の身請けとはおそれ入ったな」

伊織は啞然として言った。

「いささか常規を逸した頼みであることは承知している」

本田永四郎は言った。

「しかしなぜ、自身で身請けなさらぬのか」

伊織には、仔細は見当もつかないものの、そのことが不審だった。

何の仕事かと思ったら、この男は遊女の身請けを頼みに、わざわざだるま屋にまでやってきたのかと思うと、少々の腹立ちもあった。男の神経が疑われた。

弦之助の話を聞いたのが昨夜のこと、それが頭にあったのか、伊織は厳しい口調になってしまった。

「私が身請けしたとわかれば、その女を傷つける。私の名は、女将にも本人にも伏せておいてもらいたい」

「すると、おぬしとは見知った仲だというのか」

「そういうことです。遊女の名はあやめ、店ではそう呼ばれている」

「ふむ……」

見知った仲で、自分の身を隠して女を自由にしてやるとは、この男、よほどその女に岡惚れしているのかと伊織は思った。

それにしても岡場所の女とはいえ、身請け金三十両で、向こうが承知してくれるのかどうか、伊織がそんなことを考えていると、

「三十両という身請けの額も前もって調べてのこと、あやめの前借金は五両ほどだと聞いている。余程の売れっ子でない限り承知してくれる筈だと、そう聞いている。まっ、これ以上の額をもとめられても金はないが……寺子屋では稼ぎも潤沢という訳にはいかぬ」

永四郎は、苦笑してみせた。

「さて、無事身請け出来たとして、その後はどうする。おぬしの妾にでもするの

か」

「いや、そういう話ではないのだ。私が望んでいるのは、あやめを自由にしてやることだけだ。他には何もない」

「ふーむ」

それが本当だとすれば奇篤な人物だ。

珍しい物を見るような思いの伊織を、永四郎はまっすぐに見返して来た。

確かにその目の奥にはひたすらなものがあり、嘘はないように思われた。

「承知した。金は預かろう」

「かたじけない、恩にきます」

永四郎は、ほっとした表情を見せた。

「思い通りに身請けが出来たその時には、貴公にかわって、あやめの新しい生活を見届けて参ろう」

伊織は、つい口を滑らせた。

寺子屋を開いて細々と貯めた金の全てを吐き出して、一人の女を救おうとしている男の心中を慮ってのことだった。

「秋月殿……」

永四郎は頭を下げた。

「伊織様、本田永四郎様というお人、どのように御覧になられました」

永四郎が帰って行くと、お藤が立ち上がった伊織を呼び止めて聞いた。

「そうだな、嘘のない人物……と見たが、だからこそこの仕事を引き受けたのだ」

「はい。おじさまもはじめ、うちはよろず相談承り所ではないとお断りしたのですが、本田様が、こちらならば信頼出来る、是非にと真剣におっしゃるものだから、おじさまも首を縦に振ったのでした。でも、お話を伺っていて、なんだか胸がきゅんとなりました」

「うむ」

「あやめさんとおっしゃる方は、きっと本田様の昔のいい人だと私思います」

「縁の深い人だろうな」

「ええ。一緒になれればいいのに、無理なのかしら」

お藤はもう、自分のことのように言い、多感な娘らしい吐息をついた。

二

伊織が深川の永代寺の西側にある、山本町の遊里に足を踏み入れたのは、その日の夕刻だった。

門前仲町《もんぜんなかちょう》に比べれば格は低いが、いわば大衆向きで、店の軒に灯がともる頃になると、賑わいをみせる町である。

ここには表通りに表櫓といわれている十四軒の呼び出し専門の店があり、亥口橋近くには横櫓と呼ばれる店が四軒、そして十五間川に沿って裾継《すそつぎ》と呼ばれる場所がある。

横櫓と裾継は総伏玉といい、店は全部手持ちの遊女を使って客を遊ばせるのである。

伊織もその昔、先ごろ一緒に酒を酌み交わした剣術仲間と、一度この里に足を踏み入れたことがあった。

お互いにまだ聞きかじった女の知識しか知らない若者の頃で、亥口橋手前の居酒屋で酒をひっかけ、大して金もなかったから、十五間川沿いの裾継の店をひやかしがてら回ったのであった。

行ったり来たりしているうちに、俵屋という店だったと思うが、軒先にいた白い手の女に伊織がつかまった。

おそるおそるだが、背を押されるようにして踏みこんだ伊織に続いて皆も芋蔓《いもづる》式《しき》に店に入った。

途端に脂粉の匂いに襲われて、縮緬《ちりめん》の襦袢《じゅばん》を着た姉さんたちに囲まれた。ちらちらと赤い布の裾から見える白くなまめかしい足に生唾《なまつば》を飲み込んだものの、気負いもそこまでだった。

月代《さかやき》も剃《そ》っていないうぶな若者たちの闖入《ちんにゅう》に、女たちも嬌声をあげたりしてじろじろ見る。恐ろしくなった伊織がまず女の手を振り切って飛び出した。

すると、次々に友人たちも飛び出して来て、皆息が切れるほど走り、隅田川沿いで笑い転げたことを思い出す。

町は、あの時と少しもかわっていないように思われた。

本田永四郎が言っていた桔梗屋というのは、裾継と呼ばれる所にあった。

軒に桔梗の絵の提灯がともしてあり、すぐにわかった。

「あやめを、身請けなさりたいとおっしゃるんですか」

伊織が店に上がって女将に面会を求め、訪ねてきた趣旨を告げると、女将は怪訝な顔をして問い返してきた。

何しろ伊織は、一度も桔梗屋に上がったことのない人間である。

そんな者が、ある日突然店にやってきて、一人の女郎を名指しして身請けを頼むのだから女将が訝《いぶか》しく思うのは当然だった。

女将は唇の脇に黒子のある一見して男好きのする顔に、笑みを湛《たた》えて聞き直した。

「秋月様とおっしゃいましたね。あやめとは、どういう関係なのでございますか」

「関係はない。人に頼まれたのだ」

「人に……ご亭主に頼まれたのですか」

「何、あやめは亭主持ちなのか」

今度は伊織の方がびっくりした。

「うちに来た時にはね、そうでしたよ。少々歳も食ってましたけど、どうしても働きたいっていうものだから、私も人助けのつもりで引き受けたんですがね」

「その、亭主というのは……」

「確か、小野木《おのぎ》様とかおっしゃいましたよ。ご浪人ですよ」

「すると、あやめというのは、武家の出か」

「はい、そのようですよ。ご亭主が病気だとか言ってましてね。こんなところに来るようなお人じゃないんですが……いえね、お武家の出だからと言っているのではありません。こういう世の中ですから、そんな人はたくさんいますよ。でも、そもそもあやめの性格がこんなところには不向きな人でね。殿方を楽しく遊ばせるという性格ではございませんから」

「………」

「しかし、頼み人がご亭主じゃないとしたら、秋月様をこちらにお寄越しになったお方は、よほど物好きなお方でございますね」

女将は笑った。袖で口を押さえてころころと声を立てて笑ったが、嫌味のある笑いではなかった。

あやめの話をするたびに、目をぱちくりしている伊織が、おかしかったものと見える。

「それで、いかほどご用意して下すってるんでございましょうね」

笑いを解くと、女将は急に真顔になった。

「それだが……」

伊織は、女将をちらりと見て言った。

「二十五両では無理か」

先程、あやめは客をとるのに向いてないという言葉を聞いて、持ち金全額を出さなくても話はつくのではないかと考えた。

永四郎という浪人者のために、値切る気になった。

「ほほほほ、これはまた、お見受けするにどちらかの若様かと存じますが、いかな裾継の女郎でも、その額ではねえ」

女将は一笑に付した。

「第一、あやめがこの店に入りました時に貸したお金もまだ残っておりますし、こちらも裲襠《うちかけ》やら何やら、あやめにはお金がかかっているのでございますよ」

「…………」

「もう少し色をつけて頂かないと、あやめも納得はしないと存じますよ……そうですね、今おっしゃった倍の金額なら、あやめに話してみてもよござんすよ」

「そういうことなら引き下がるしかあるまい。こちらは貧乏浪人だ。飲まず食わずでやっと貯めた二十五両、その倍と言われても、あと何年先になるか……いやなに、女将の話を聞いてわかったことだが、自分の女房娘でもないのに、何かは知らぬが見るに見兼ねて、この俺に身請けを頼んだものと存ずる。人から見れば馬鹿げた話だ。その者はあやめを身請けしたからといって、女房にしようという訳でもない、まして妾にしようというのでもない。ただ、人として、この先を生きて欲しいと願ってのことだ。浪人とはいえ武士がそこまでの決心をしたのなら、と、こちらも手を貸そうと思ったのだが、仕方があるまい」

伊織は、女将の顔をとらえたまま言った。

女将も、瞬《まばた》きもせず伊織の話を聞いていたが、伊織が刀をつかんで膝を起こすと、

「お待ち下さいまし」

伊織を呼び止めた。

「私も長い間、この深川で遊女として生きてきたものです。運よく今じゃあこうして店を持つまでになりましたが、秋月様の今のお言葉、胸打たれました。人として生きる、そんな当たり前のことすら適えられない者のここは吹き溜まりでございますよ。よくぞ言って下さいました。どうぞ、あやめを身請けしてやって下さいましな」

「女将」

伊織は座り直して、女将を見た。

「私は桔梗屋の主ではございますが、女でございますよ、秋月様」

女将はほほ笑むと、きりりと顔をひき締めて、

「誰か……あやめをここへ」

声を張り上げた。

清算を済ませてまもなく、部屋に現れたあやめを見て、伊織は息を呑んだ。

女将に年増だと聞いていたが、膝の前にそろえた手のしなやかさ、顔を上げた時に見えた潤んだ瞳に小さな唇、体にも余分な肉は少しもついている気配はなく、さりとて薄物を通して見える腿のもりあがりには、熟した女の色香が漂っていた。

「あやめ。こちらは秋月様とおっしゃるのですが、身請けして下さることになりましたからね」

「わたくしを……」

あやめは、不意のことで話が呑み込めないようだった。

女将が身請けとはいっても、後は自由なのだと、事の次第を説明すると、

「ありがとうございます」

あやめは、震える声で言い、頭を下げた。

こんな女を、さりげなく身請けしてやろうという、あの本田永四郎とは……伊織は少し永四郎が羨ましく思えたのであった。

「ま、待て、伊織。俺の話も聞いてくれ」

土屋弦之助は、らくらく亭の二階の小座敷で両手を広げて、伊織の言葉を遮った。

深川の桔梗屋からあやめを請け出し、小野木という浪人者の夫が住む小名木川《おなぎがわ》沿いの五本松近くの町、猿江町《さるえちょう》まであやめを送り届けたのは昨日のこと、今日は弦之助をらくらく亭に呼び出して、多加の心配を聞き出さなくてはならないのである。

このところの仕事はいったい何だ。だるま屋の仕事とも思えず、特に弦之助の一件については、腹立たしい思いがあった。

何が待てだと、何を言いたいのだと、弦之助を睨んだ。

「多加が何を言ったのか知らぬが、俺は別に妻子を捨てようなどとは思っておらぬ」

「何、すると何か、女が出来たという話は本当なのか」

「またまた、そんな大袈裟なものではない。気の毒な女の身の上を聞きながら、ちびりちびりと、それだけのことだ」

「見損なったぞ。多加殿の苦しみを考えたことがあるのか」

「伊織……お前は多加を知らぬからそんなことが言えるのだ。多加はああ見えても強情でしわい女だ。それに優しさが足りぬ」

「何を馬鹿なことを言っている」

「本当だ……酒はけちるし、横になれば、あなた仕事はいかがしましたか、などと言う。息子になら笑みを湛えて言う女が、俺に言う時には目がつり上がっているよ」

「当たり前だ。何を甘えているんだ、まったく……三日前にはちょうど今お前が座っているところに多加殿が座っていたが、離縁まで考えていたぞ」

「離縁、馬鹿な……」

　と言いながら、弦之助の顔には不安の色が走り抜けた。

「今のところは、俺と長吉夫婦が知っているだけだが、お藤殿に知れてみろ。離縁にならずとも、お前はだるま屋から追い払われるぞ」

「それは困る。飯の種がなくなる」

「少なくとも俺は多加殿の苦労を見聞きしておる。お前を許す訳にはいかぬ。弦之助、良く考えろ。多加殿を手放して、二度とあれほどの女子に巡り合えるとは思えぬぞ」

「………」

「どうせ相手は、お前から小銭を巻き上げることしか考えておらぬのではないか。そんな女に鼻の下を長くして、みっともないぞ……さる御仁とはえらい違いだ」

「な、なんだよ、さる御仁とは」

「ふむ……いいか、世の中には、こういう話もあるのだ」

伊織は弦之助に、あやめ請け出しの一件を話して聞かせた。

「弦之助、悪いことは言わぬ。今なら多加殿を傷つけずに、済ませることが出来る。そうではないか」

「伊織……」

弦之助は、言い淀んだ。

「何だ、言ってみろ」

「実をいうと、俺がなじんでいる女というのは、回向院《えこういん》の側にある飲み屋の女将なんだが、そもそもの始まりはツケで飲ませてくれるというので通い始めたのだ。だが、気がついたら一度には払えないほどの額になっていてな、手を切りたくとも切れないのだ。店に顔を出さない日が一日でもあると、女房にありのままを言いつけてやるなとと……」

「そんなことだろうと思っていたぞ」

「俺は今、機嫌をとるために立ち寄っているようなものだ」

「まったく……情けない話だ。ツケはいかほどだ」

「おぬし、立て替えてくれるのか」

「だから、幾らだと聞いているのだ」

「すまぬ」

弦之助は指を三本立てた。

「三両か」

「いや……」

弦之助は考えて、五本の指を立てた。

「手切れ金も入れて五両」

「飲み食いしたのは、いくらだ」

「わからんが、五両も渡せば納得してくれるのではないかと」

「ちょっと待て、五両ともなると俺もな、おいそれと都合のつく金じゃない」

懐を勘定しても三両あるかなしか、日常の小遣いはだるま屋の仕事で稼いでいるが、五両の大金となると嫂《あによめ》の華江に頼まなくては揃えられぬ。

厄介者の身で、嫂とはいえ、小遣いが足りぬなどと頼みたくはない。

「明日だ。明日五両を揃える。それできっちりと始末をしてくるのだ」

「すまぬ。この通りだ」

弦之助は頭を下げた。

「伊織様……」

その時、廊下で長吉の声がした。

すぐに、するりと入って来た長吉は、

「先日伊織様は、仙臺堀で屋根船に乗っていたと思われる商人が、毒を盛られて川に突き落とされたのではないかと、そうおっしゃっておりましたが、実はあの商人は、昔あっしの縄張りだった紙問屋の『和泉屋《いずみや》』徳兵衛《とくべえ》ということがわかりやした」

額の汗を拭いながら、鬱然《うつぜん》としてそこに座った。

「調べていたのか、あの事件を」

「北町の旦那からあっしに問い合わせがあったんでございますよ。人に狙われるような、何か以前から問題を抱えていなかったのかどうかと……」

「ほう、それで」

「むろん当時は何も問題はございませんでした。そう申し上げやしたら、今回限りはあっしにも手伝ってほしいと、それで、昔の縁もございますし、殺しと知っては放っておくこともできずに、少し調べていたのでございやす」

「死因はやはり毒を盛られたのか」

「そのようです……ところがです」

　徳兵衛が、あの日あの時刻に、誰と会っていたのか、店の者も家族も知らぬというのである。

「和泉屋は周防国《すおうのくに》岩城《いわしろ》藩五万石出入りの商人だったんですよ」

「何、岩城藩の出入り商人とな」

「はい。それだけの人間が殺されたというのに、なんともお粗末な話でございやして、探索の手立てもございません。唯一、伊織様の話から、和泉屋は武家らしき男と会っていたということでしたから、あっしは、岩城藩の江戸藩邸の誰かが会っていたのかもしれないと、深川の料亭を虱《しらみ》つぶしに当たったのですが、当然といえば当然ですが、客の話はいっさい出来ぬと断られてしまいました。もっとも、十手も持っていないうろんな男が聞いている訳ですから、そういう扱いにもなるのでしょうが……」

「………」

「そこであっしはもう一度和泉屋に参りました。今度ははっきり岩城藩という名を出して聞いてみたんですが、皆一様に口をつぐんで、蒼い顔をしてみせるばかりで」

「長吉……俺は確かにこの目で武士を見ておる。まあ、和泉屋と繋がりがあったのは岩城藩ばかりではないかもしれぬし、軽々しいことはいえぬが……」

伊織は、長吉の顔を見た。

「へい、あっしもそのように考えております。いざとなったら、お力をお借りするかもしれませんので、ちょいとご報告と存じやして」

と言う。すると弦之助が、

「長吉、俺も必要なら言ってくれ。もっとも、だるまの親父さんの仕事がない時に願いたいのだが」

弦之助は言い、はっは、妙な顔をするな、俺の話は解決したのだ。多加がつまらぬ相談をしたようだが、今伊織にいらぬ妄想はやめてくれと告げたところだなどと、早くも喉元過ぎれば熱さも忘れるといった調子で笑ってみせた。

「さいですか。そういうことなら安心致しやした。まっ、旦那にこんなことを申し上げてはなんでございやすが、多加様は旦那には勿体ねえようなお方でございますよ。物事は、後で気がついたら遅いってこともございますから、ご新造さんを大事になすった方がよろしいかと存じますよ」

長吉は言い、伊織に苦笑してみせた。

三

その長屋は、暗い路地を挟んで両側から庇《ひさし》を突き出し、息を潜めているように見えた。

カナカナカナ……。

蜩《ひぐらし》の声が、その路地にも屋根にも降り注いでいた。

裏長屋もいろいろあるが、猿江町の雪駄《せった》屋の側の木戸を入って、この長屋を眺めた時、家屋の傷みがまず目についた。

雨が止んだばかりとはいえ、屋根からしたたり落ちた水量は路地をぬかるみにしていたし、剝《は》がれ落ちた羽目板が雨に濡れて茶褐色の腐りかけた色を呈しているのも、目の前の長屋の老朽化を物語っていた。

砂埃にまみれた木々や屋根が、雨によって綺麗に払われ、顔を出した陽の光に瑞々しい輝きをみせる、あの雨上がりの情景とは、ここはまったく違った表情をみせているのである。

伊織は木戸の入り口で逡巡していた。

——あやめの家を、いや、松乃《まつの》の家を訪ねてよいものかどうか……。

先日松乃を送って来たのは、雪駄屋の隣の酒屋の角までだった。

そこであやめは、自分の名は松乃だと名乗り、丁寧に礼を述べると、送って頂くのはここでもう……そう言ったのである。

そして松乃は、この長屋の入り口にたどりつくまで、何度も伊織を振り返って頭を下げ、そして静かに入って行ったが、まさかその長屋がこれほど古い建物だったとは想像もしなかった。

本田永四郎が松乃とどんな関わりをもち、松乃の暮らしをどこまで知っているのか伊織にはわからないが、少なくとも、なけなしの金を出して身請けした男に、松乃のその後を見届けて報告してやるべきだと、伊織は考えたのである。

「松乃という人が住んでいるのは、どの家だ」

伊織は、手前の家から出てきた三味線を抱えた男に聞いた。男は流しの三味線弾きのようだった。

「ああ、それなら、右側の一番奥だ」

男はぶっきらぼうに返事をすると、水溜まりを飛び越えて通りに出て行った。

伊織もぬかるみをよけ、溝板《どぶいた》を踏みながら、一番奥の家の前に立った。

おとないを入れると、

「誰だ……」

用心深い声が中から飛んで来た。

秋月伊織という者だと名乗ると、

「すまぬが勝手に入ってくれ」

今度は柔らかい声が聞こえた。

だが伊織が中に入った時、布団の上に足を投げ出したまま、慌てて刀を布団の側に直す髭面《ひげづら》の男が目に入った。

「松乃殿のご亭主でござるか」

「さよう。私は小野木啓之助《けいのすけ》と申す。過日は松乃を身請け下さったとか。礼を申す」

先程誰だと警戒した声を発した男とは思えぬ、弱々しい老人のように見えた。

小野木という男は、明らかに敵を迎え撃つような気配だった。伊織と知ってその緊張を解いたようだが、いったいあれは誰に対してのものなのか、伊織は訝しく思った。

「病んでおられるのか」

伊織は上がり框《かまち》に腰を下ろした。

「脚気《かっけ》だと医者はいうのだが、右の足はもう腐敗が始まっておる」

「それはいかんな。で、松乃殿はお出かけか」

「この足の薬を貰いに出ております。いまさら薬はいらぬと言ってもきかぬのです。命の尽きるのもあと僅か、医者にもそう言われております。ただ、私の為に身を売った松乃のことが、ずっと気掛かりでござった。それを助けて頂きましたこと、恩にきます」

「いやいや、私は頼まれただけです。身請け金を都合したのは別の人です」

「そのことですが、教えて頂けますまいか。松乃を救い出してくれた御仁の名を」

「いや、それは……けっして名は明かしてくれるなと言われておりましてな」

「ならば、武家か町人か、それだけでも」

「それも申し上げることは出来ぬ。おそらく、健気《けなげ》に生きようとする松乃殿の噂を聞いて、人として放ってはおけぬと、そう思われたのではないかな」

小野木啓之助の顔がふっと曇った。

「余計なことをいうようだが、小野木殿、ともかく松乃殿は自由の身になってこちらに戻ることが出来た、それでよろしいではござらんか。そんなことより、おぬしは養生第一とお見受けするが」

「罰が当たったのでござるよ。天罰が下ったのです」

小野木は苦笑した。

「天罰などと……病のせいですよ。病気になると皆弱気になると聞いている」

「いや、そんな単純な話ではないのです」

啓之助の表情には、懺悔《ざんげ》の色がありありと見えた。

「はて、何を気にしておられる」

見返した伊織の目から、啓之助はふっと逸らすと、破れた打ちつけの雨戸から漏れてくるほのかな光に目を遣った。

そこに、蕾《つぼみ》をつけた夕顔の鉢が置いてあった。

啓之助は、その夕顔を見たのだった。

緑の葉が鮮やかに広がるその鉢を眺めながら、啓之助は胸の内にわだかまるものを吐露しかねているようだった。

粗末な什器の他には目につくのはその夕顔のみという貧しい暮らしに、蜩の声が忍び寄る。

やがて、啓之助は決心した顔を向けた。

「秋月殿、私の話を聞いてはくれぬか。貴公にめぐりあったのも何かの縁、命あるうちに私と松乃のことを話しておきたい」

「小野木殿……」

「私に万一のことがあったその時には、松乃の相談相手になってやって頂きたい。そのために、私と松乃がこのような場所で、なぜ息を潜めて暮らしてきたのかを……」

伊織は静かに頷いた。

「秋月殿、私と松乃は夫婦ではない。松乃は、人の妻でした。われわれは不義をしてこの江戸に逃げて来たのです」

「それはまた……」

伊織は、思いがけない告白に言葉を失った。

友人の弦之助夫婦のもめごとを、見聞きしてきたばかりである。

それに、桔梗屋で会った松乃には、はかなげだが、一方にはかたくなな意志が感じとられて、不義などには無縁な人に見えていたからである。

「国は周防国岩城藩です」

と、まず啓之助は言った。

「何、周防国の岩城藩……」

伊織の脳裏に、仙臺堀で殺された紙問屋、和泉屋徳兵衛のことが過ぎった。

「はい。私は郷廻り方でした……」

小野木啓之助のお役目は、田畑をはじめ、藩の産業として力を入れ始めていたコウゾやミツマタの畑を見回り、その生育を見守り、出来高の概算を見積もるのが仕事だった。

仕事に不満はなかったが、剣術仲間だった友人が裃姿で城勤めを始めると、いささかだが嫉妬に似た感情が芽生えたのは否めない。

何しろ、友人は城勤めばかりではなく、参勤交替で江戸に上ることがある。

若い小野木には、なによりそれが羨ましかったのである。

しかも友人は、ずっと以前から啓之助の思い人だった松乃を妻にしたのであった。

啓之助は、負けたと思った。

友人と自分を比較してみると、なにもかもが違い過ぎた。

当然とは思うものの、心の底に相容《あいい》れない感情が、いつのまにか沈殿していたのに気づいたのである。

啓之助は道場にも顔を出さなくなった。そうなると自然に二人の仲は離れていった。

そんな二人がひょんなことから町で再会した。

その時、友人は殿に従って江戸に行くことになったのだと誇らしげに言ったのである。

「ちょうど良かった。俺の留守の間に時々松乃の様子をみてやってくれないか。おぬしなら安心して頼める」

何の警戒心もなく啓之助に頼んだのであった。

むろん啓之助は、最初から松乃と不義の関係になろうなどという邪心を抱いていた訳ではない。

友人のいない間に会えるだけでも幸せだという思いに、単純に胸を躍らせた。真実、それだけだった。

友人が江戸に立つと、啓之助は時折松乃の顔を見るために友人の家に行った。

それは非番の日であったり、勤めが早く終わった日などで、庭木を剪定《せんてい》したり、屋敷の中の畑を耕したりと、それはほんの一刻《とき》ほどの手伝いだったが、啓之助には幸せな日々だった。

ところがある日のこと、里の村で軽い食事を貰った帰りに立ち寄った松乃の家で、強い腹痛を覚えたのである。

驚いた松乃が、薬をくれて、縁側に面した座敷に横になるように勧めてくれた。

長居は無用だと思うものの、苦痛に顔を歪《ゆが》めながらも、介抱を受ける甘美に酔ってしまった。

灯火をともす頃になって腹の痛みもおさまって、起き上がって身支度をしている時、友人の上役の使いが訪れて、啓之助と鉢合わせになった。

ところが運悪くこの時のことが、三日もたたぬうちに不義だという話に仕立て上げられて広まったのである。

友人が江戸から帰ってくる一月前のことだった。

「逃げて下さい。あなただけでも逃げて」

松乃は、啓之助がいずれ夫と闘うことになる危険を察知して言ったのである。

だが、啓之助が疑われるということは、すなわち松乃も疑われ、成敗されるかもしれないのである。

不義は御法度、不義をされた亭主は、家運をかけて相手の男と妻を殺さなければ改易となる。お家は断絶と藩法で決まっていた。

妻に不義をされた夫は、即刻お役を解かれて女敵討《めがたきう》ちを実行しなければならない。その間の扶持は召し上げられる。敵を討つことでお家は体面を保ち、断絶から免れることが出来る。それが掟だった。

「松乃殿も一緒に出よう」

夫に討たれることを覚悟していた松乃を逃避行に誘ったのは、啓之助の方だった。

「そうしてわれわれはこの江戸に参ったのです。着のみ着のままでここに辿《たど》りついたのです。それから三年、追っ手に怯えながら、この長屋で暮らしてきたのです」

啓之助は、胸の底にあったものを打ち明けて、深く溜め息をついた。

そして一気に言ったのである。

「悪いのは私です。これほど苦労をさせるのなら、討たれて果てたほうがよかったかもしれないと思う時がござった。特に私が病に倒れてからは、松乃は苦労のしどおしで……」

「………」

「松乃には、せめて夕顔一株なりと咲く垣根のある家に住まわせてやりたいと願っていました。国ではあの花を好んで植えていたようですから……ですから、私が死んだら身軽になって、せめて花でも愛《め》でる生活をしてほしいと……」

「小野木殿」

「それで貴公にお頼みしたい。私が死んだら私の遺書を、さる商人に渡してほしいのです」

「その商人とは」

「紙問屋の和泉屋です、和泉屋の徳兵衛」

「何と……小野木殿、和泉屋徳兵衛は死にましたぞ、つい先日殺された」

「和泉屋が、殺された……」

小野木は呆然として伊織を見つめた。

「そうでしたか。あやめ、いや、松乃殿にはご亭主が……」

本田永四郎は、伊織が置いた身請け金の残金五両を見つめて言った。

「しかし、まっ、幸せな暮らしが戻ったというのなら、私が貴公に身請けを頼んだ甲斐《かい》があったというものです」

「いや、それが……」

伊織は言いよどみ、庭に目を遣った。

庭といっても二坪ほどだが、片隅に萩の穂が伸びて揺れていた。

盂蘭盆《うらぼん》が過ぎたばかりだが、もう秋の気配を告げていた。

本田永四郎の寺子屋は、薬研堀不動尊の横手の路地を入った仕舞屋《しもたや》にあった。

伊織が訪ねて来た時には、教場の板の間はがらんとして、子供たちは帰った後だった。

伊織たちがいま座っているのは、教場の次の間の座敷である。

その座敷の前に庭があり、夕暮れ時の日だまりから見放された草木が、遠慮勝ちに立ち居をみせていた。

その草木を眺めながら、伊織は、小野木啓之助から聞いた話を伝えてよいものかどうか迷っていた。

それを話せば、永四郎に確かめなければならないことが生じて来る。

「伊織殿、何か心配なことでもござるのか」

永四郎が問いかけてきたその時、伊織の胸にことんと落ちたものがあった。

伊織の視線の先に、ねじれていた襞《ひだ》を解くように白い花がぽっと咲いたのである。

花は、紛れもなく夕顔だった。

草木ばかりかと思っていたら、それらの陰に弦を伸ばした夕顔が植わっていたのである。

「本田殿……」

伊織は、小野木啓之助に聞いたままの話をしてやった。

永四郎は身動《みじろ》ぎもせず、息を凝らして聞いていたが、

「やはり、苦労をして……」

苦しげな声を上げた。

「本田殿、ひとつ聞きたいことがござるのだが、よろしいかな」

伊織はひと呼吸置いて、

「小野木殿の友人とは、貴公のことではござらぬのか」

伊織の言葉に、永四郎は明らかに狼狽の色をみせた。

「そして貴公は、松乃殿のご亭主……」

「秋月殿」

「もしやという思いがあったのだが、今この庭に咲いた夕顔を見て確信した。松乃殿も小さな鉢植えの夕顔を育てていた」

「…………」

「以前松乃殿が住んでいた国の屋敷の垣根には、夕顔が咲いていたそうですな」

永四郎は黙って伊織を見返した。

「やはりな……これで、貴公が松乃殿の身請けを俺に頼んだ訳がわかり申した」

「すまぬ。まさか不義を働いた妻を、自分で請け出しにもいけず、秋月殿にお願いしたのです」

永四郎は重たい口を開いて言った。

一年の江戸詰めを終え、国に帰った永四郎を迎えたのは、庭に生え茂った雑草だった。

その庭に叔父が佇んでいて、松乃が小野木啓之助と不義をはたらき、それが発覚して国を出奔したのだという、耳を疑うような話を告げたのであった。

永四郎はその日をもって屋敷は没収、扶持も召し上げられて、僅かばかりの一時金を貰って国を出た。

啓之助と松乃を重ねて、この手で成敗しなければ、永四郎の明日はなかった。怒りに震えて江戸に向かった。

江戸に到着し、初めはこの同じ米沢町《よねざわちょう》の裏長屋に居を構え、二人の住家を捜し始めた。

半年が経ち、一年が経った頃には、二人を捜すことよりも、どうやって糊口を凌ぐかというのが、まず目先の問題となっていた。

口入れ屋の仕事をしながらしばらくはそれで食っていたが、ある日、臨時の寺子屋の師匠として雇われて子供たちと相対した時、永四郎の胸には遠い昔の子供の頃が蘇《よみがえ》った。

永四郎や啓之助が通っていた藩校の『誠学館《せいがくかん》』に金森泉嶽《かなもりせんがく》という教授がいたが、

二人は誠学館の勉強だけでは物足らず、金森泉嶽の屋敷にも通っていた。

金森はもともと農民出身の学者で、来る者は拒まずという広い心を持ち合わせていた人で、二人の他にもいつも何人かの塾生が押しかけていた。

永四郎と啓之助は、同年で剣術も同門だったから、いつも肩を並べて通っていた。

その金森教授には永四郎とは三つ下の娘がいた。松乃である。

金森の家では、松乃も一緒に机を並べた。

勉学が終わると、皆庭で遊んだが、その時も松乃は一緒だった。

子供たちはまるで犬や猫のようにじゃれあっていたのである。

そんなある日、松乃は庭の隅に咲いた花を摘もうとして人差し指に怪我をした。

血のしたたるのを見た松乃は泣いた。

たまたまそこにいたのは、永四郎だけだったのである。

永四郎は、黙って松乃の指を引き寄せると、いきなりくわえて血を吸ってやった。

以前、母にして貰ったことを覚えていたからである。

「これでいい。傷は治る」

永四郎がそう言った時、松乃が小指を立てた。

「私、永四郎様のお嫁さんになる」

永四郎は驚きながらも、胸を躍らせて指切りをしたのである。

心のどこかに、いけないことをしているような罪悪感があったが、永四郎は言った。

「約束だぞ」

「ええ、きっと……おばあさんになっても、死んでも、ずっと一緒よ」

松乃は言い、母屋に駆けていったのである。

そこまで話すと、永四郎は伊織を改めて見て言った。

「私はその時の、松乃との約束を思い出したのです。いつの間にか松乃を討つなどという気持ちは失せていました。何か深い事情があったのではないか、よしんば不義だったとしても、それはほんの出来心で、松乃もきっと昔のことを心に秘めて生きているに違いない。私たちの繋がりはそういうものだったと……それだけ深いものだったと……金森先生が亡くなられて久しい今、私が松乃をわかってやらなくて、誰がわかってやるのだと……それで、ここに寺子屋を開いたのです」

「その思いが夕顔だったのか……」

伊織は、しみじみと言い、もう一度庭の片隅に咲く白い花を見遣った。

花は優雅だが、触れればたちまち壊れてしまいそうな花弁である。

「秋月殿、私は妻の不義騒動の裏に、何か腑《ふ》に落ちないものを感じるのです」

伊織の横顔に永四郎は言った。

「何……」

永四郎に顔を向けると、

「今になって冷静に考えると、私は罠《わな》にはまったのではないかと……」

「罠に……」

「はい。当時私は勘定方におりました。それも奨励していた紙の生産の勘定に携わるお役目です。そのお役目に励むうち私は帳面に上がってくる収穫に不正があることをつきとめたのです。組頭にだけは報告していましたが、帰国して生産高を確かめた後に、殿に報告するつもりでした。ところがこれが、松乃の不義騒ぎで頓挫したのです。私が国を出たことで、あの問題は闇に葬られたと思っています」

永四郎は唇を噛み締めた。

四

「それはまた、妙な話になってきましたな」

吉蔵は筆を止めて、伊織を見た。

陽射しは白く通りを照らしていて、莚の上にいると地熱が体に上ってくるようである。

それでも吉蔵は平気な顔をして座っている。

「伊織様、私は人助けだと思ってお頼みしたのですが、困りましたね、そういう話を聞かされても手のうちようがございません。そっと見守るしかございませんん」

「うむ、しょせん岩城藩でのこと、そう割り切るほかないが……ただ、気掛かりなのは、本田永四郎がつかんでいたという不正だ。和泉屋殺害の一件と繋がっているような気がしてならないのだ」

「伊織様、うちは御府内で起きた出来事をありのまま記し、多くの人に知らせるのが仕事です。読売のように勝手に話を捏造《ねつぞう》したり、面白おかしく記すのではなくて、世情の動きを確かな目でとらえて記すのがだるま屋の役目です。和泉屋の一件は、お奉行所も匙《さじ》を投げたようでございますし、不可解な事件として書き留めておく他ありませんね」

「吉蔵、ありのままを記すのもいいが、真実は何か、どこに問題があったのかを記すのも大切なことではないかな」

「まっ、それはそうですが、こちらが興味を持って調べるぶんにはよろしいのですが、頼まれない限り危ない話には首をつっこまないようにしませんと」

今日の吉蔵はいやに分別くさかった。

食指は胸の中で動いている筈だったが、伊織たちをこれ以上危ない目にあわせてはならぬという考えに立って言っているのは間違いなかった。

「まっ、一杯やりませんか」

吉蔵は、素麺箱から酒どっくりを取り出すと、伊織の方に突き出した。

「いや、俺はいい。お藤殿の茶を頂く。長吉は来てるのだろ」

「はい」

「弦之助は」

「参っておられます」

「うむ」

伊織はほっと胸をなでおろした。

五両の金を作って弦之助に渡し、即刻飲み屋の女将と別れさせた。だが、またぞろ務めを忘れて入り浸りになっているのではないかと案じていた。

だるま屋にいるところをみると、もう、すっかり女とは切れたようである。

「伊織様、では私は失礼して」

吉蔵は湯飲みに酒を注ぐと、うまそうに飲んだ。

だがその手が止まった。

町人が一人近づいて来たのである。

「だるま屋の吉蔵さんでございますね」

町人は丁寧な物言いで、莚の際に立った。

「吉蔵ですが……」

「長吉親分はこちらではございませんか。らくらく亭の女将さんには、こちらだとお聞きして参りました。私は和泉屋の番頭で喜助《きすけ》と申します。是非にも聞いて頂きたいことがございまして」

「伊織様」

吉蔵が促した。

「実は主の死について、いまさらではございますが、聞いて頂きたいことがございます」

番頭の喜助は、長吉ほか伊織たちの前に座ると、そう口火を切った。

「喜助さん、やはり、心当たりがあったんでございやすね」

「はい。親分にはあの折、店の行く末を案じまして申し上げなかったのでございますが、その後の岩城藩の対応には胸に据え兼ねることがございまして、このままですと岩城藩との取引はないものと思わねばなりません。それならば、旦那様の死をつきつけて、せめて罪のある人を罰して頂きたい、そう思いまして、お力を頂きたいのでございます」

「わかりやした。あっしも亡くなった旦那とは冗談を言い合った仲でございやす。お聞きしましょう」

「はい。まず先に申し上げておきたいのは、主の徳兵衛を毒殺したのは、岩城藩の勘定組頭、矢島貞蔵《やしまていぞう》様ではないかと……」

「矢島貞蔵……どこかで聞いたことが」

長吉は手を打った。

「和泉屋の旦那が毒を盛られたという屋根船が、芝口新町の船宿『巴屋《ともえや》』の貸船だとわかりやしてね、調べに行った時のことです。船を借りたのは和泉屋になってましたが、実際は岩城藩の、その矢島とかいう武家が乗ったと船頭が覚えていまして……」

長吉は喜助を見た。

「はい。岩城藩は愛宕下《あたごした》に上屋敷がございますから、巴屋さんには以前から藩邸の要人の方々、それに取引で特別の関係にある矢島様たちに利用して頂くように手配してありました。ですから、皆様、浅草寺や深川など道程の遠いところに遊びに参られる時には、和泉屋の名で船を利用して頂いていたのでございます」

「ただ、今度の場合、確かに矢島某が和泉屋の旦那を殺《や》ったかどうか、その重要な証言をしてくれる筈の船頭が、仙臺堀の河岸で和泉屋から小遣いを貰って女郎を買いに行っていたというんですから、話になりやせんや。船頭が帰ってきた時には、船に乗っていた筈の客は誰もいなかったというんでございやすからね」

長吉は憮然《ぶぜん》として言った。

「長吉親分のおっしゃる通りでございます。ただ、私たちは船頭が証言しなくても、矢島様が旦那様の命をとりたかった理由、その事情だけは承知しております」

「聞こう。話してくれ」

伊織は喜助を促した。

「はい。実は私ども和泉屋と岩城藩との繋がりは、五年前にさかのぼります……」

それは、岩城藩が藩の台所を補うために、改めて力を入れることになった紙産業の充実だった。

コウゾやミツマタの紙の材料となる木を山の斜面に植えつけることと、これを精製して他藩にないような、新しい紙を作ろうという斬新な計画だった。

その計画に参入するように声がかかったのが、以前から小さいながら取引のあった紙問屋和泉屋だった。

和泉屋の徳兵衛は自分の祖先が周防国ということもあって、藩が潤い、和泉屋も潤うのなら是非手をお貸ししたいとお請けし、ここに藩と和泉屋との新しい挑戦が始まったのである。

紙の材料となるコウゾやミツマタは、数年の生長期を待たねばならないが、それまでに植えつけていたコウゾの木の収穫時から紙漉《かみす》きに至るまで、早速和泉屋が他国から職人を入れ、村人に指導した。

年々に収穫量が増え、新しい紙（紙の中に色や模様を漉き込む）つくりの技術も軌道に乗り始めた頃、和泉屋は矢島貞蔵に借金を申し込まれた。

勘定方の帳簿の穴埋めだということだったが、当時、勘定方にいた本田永四郎なる人物が、村方が出荷した量に比べて、勘定方に入って来る金額が少ないとして、和泉屋を調べに来たことがあった。

和泉屋からは確かに出荷を受けた分の代金は支払っていて問題はなかったが、内部に不正があると本田永四郎は言い、猜疑の顔で帰って行ったというのである。

それからいくらもしない内に、本田には妻の不義が発覚、全てを召し上げられて藩を去ったと徳兵衛は聞いた。

「旦那様は、本田永四郎様は謀《はか》られたのではないかと申しておりました。本田様の留守に友人が見舞いにたびたび訪れていたのを知って、不義と言い立てる機会を狙っていたのではないかと」

喜助はそう言うと、長吉を、そして伊織を見た。

「つまり、なにもかも自分の悪を知った本田殿が邪魔になった。そういうことだな」

「はい……」

藩の産業に金をつぎ込んで来た和泉屋も、へたをすれば身に危険が及ぶことは感じていたという。

矢島が借金を申し込んできたのは、その頃だった。

徳兵衛は矢島の使い込みと知りながら、額も三十両ほどだったことから、これに目をつぶって融通してやったのである。

一人の男の使い込みを表沙汰にするよりも、ようやく実りを迎え始めた産業を成功させることが先決だと思ったのである。

矢島の口添えで、和泉屋だけが専売権を得ていたのも弱みになっていた。

ところが、年々に矢島は金をせびるようになり、和泉屋は激怒した。

もう金は用立ててやれないし、これ以上無理を押しつけるのなら以前からの使い込みを御家老に訴え出るしかないと、そう言ったのである。

「長吉親分、旦那様はその決着をつけるために、あの日、深川に参ったのでございますよ。当然相手は、江戸に出てきている矢島様でした。そういうことでございますから、旦那様があの日、他の誰かに会う筈もございません。ところが矢島様は突然取引を停止したいと、先日言ってきたのでございます。めちゃくちゃな話でございます。ですからせめて、主を殺した犯人だけは、はっきりさせたい、処罰をしてほしいものだと……」

「ふーむ。確かに状況はそれで納得できても、確たる証拠が欲しいな」

伊織は腕を組んだ。

「喜助さん、旦那の持ち物で、何かなくなっていたものはなかったのですかい。例えば紙入れとか薬籠とか」

長吉が聞いた。

「そういえば、印伝の煙草入れがなくなっております。あれは旦那様が『福富《ふくとみ》屋《や》』で特注してつくった物です。富士の山の彫り物が施してありまして、この世に二つとない品です。でもそれは、根付けのついた紐を帯に挟んでおりましたから、川に落ちてなくなるというものではございません」

「矢島は煙草を吸うのか」

それまで黙って聞いていた弦之助が聞いた。

「はい……そうそう、思い出しました。矢島様がその印伝の煙草入れを欲しがって断るのに往生したと、旦那様がこぼしていたことがございました」

「そういうことなら、和泉屋を殺《あや》めておいて、行きがけの駄賃とばかりに、その印伝を持ち去ったということも考えられる。よし、それは俺が調べてみるか」

弦之助は自分の思いつきに鼻を高くして、のそりと立ち上がった。

五

「これが、小野木殿からの手紙だ」

伊織は、本田永四郎の前に、一通の手紙を置いた。

「啓之助が……」

永四郎の頬から、みるみる表情が消えた。

永四郎にしてみれば、その書状は、啓之助と松乃との、生々しい傷にじかに触れるものに違いなかった。

手に取るべきかどうかためらうように、膝元の手紙に目を落とした。

「今朝のことだ。松乃殿がだるま屋に持って来たのだ。伊織様から身請けしてくださった方にお渡しして欲しいと言ってな。店の者の話では、思い詰めた顔をしていたらしいから、何かあったのかもしれぬ。読んでみられよ」

永四郎は大きく息をつくと手紙を取り上げた。

封を切って、入っていた巻紙を読む。

読み進めるに従って巻紙は強く握られ、読み終わる頃には、その手がぶるぶると震えていた。

じっと見守る伊織の前に、永四郎は読んだ巻紙を置いた。

伊織は、それを取り上げて読んだ。

「これは……」

まず飛び込んで来た文字は『果たし状』の文言だった。

男なら、松乃の亭主なら、俺を討ちにこいと……。

ただ、松乃は助けて欲しいと書かれてあった。

正直なところ、藩内に噂が立った時、自分たちの間には、神に誓って何もなかった。

噂は、勘定方から広がっていったらしく、無理矢理不義に仕立てられたかっこうで、切羽詰まって国を捨てたもの、そのことを信じてほしいと……。

そして最後に、松乃と暮らした三年の月日をしたためていた。

松乃は貞淑な態度で私に尽くしてくれたが、その心は、けっして私に踏み込ませることはなかったと――。

松乃の胸の奥深くには、おぬしの姿が厳然として生きていたことを信じてやって欲しいと――。

それから小野木は、どこの誰ともわからぬ者が、松乃を身請けしてくれたことを知った時、その者とは、本田永四郎に違いないと、密かに感じていたことを綴《つづ》ってあった。

自分の余命を知った小野木は「秋月殿にこの手紙を託せば、きっとおぬしの手元に届く……そう念じてこの手紙を書いている」とも記してあった。

俺を討て、記してある長屋で待つと、小野木は淡々と語っていたのである。

伊織は読み終わると、ゆっくりと紙を巻き戻した。そしてそれを永四郎の前に置いて、永四郎の顔を見た。

「私はいかぬ。秋月殿、そのようにお伝え下され」

永四郎は、目を逸らして言った。

「ここに書いてあることを信じられぬということか……それとも、信じはしても、男の面子《メンツ》がやはり許さぬということか」

伊織は、小野木がこの手紙を死の床で書いたことはわかっていた。

小野木は、最後に必死の思いで松乃を庇い、松乃のこれからを託したいと思っているのだ。伊織にはそれが読み取れた。

「本田殿、わかってやれ。立ち合うのなんのと書いてござるが、小野木殿は立つことも出来ぬ体だ」

「秋月殿、私は立ち合いが嫌なのではござらぬ。二人が暮らしている家に、足を踏み入れるのが嫌なのです。松乃にしたって昔の松乃ではござらぬ。理ではともかく私の情が許さぬ」

「しかし、これは遺書でござるぞ」

「遺書」

見返してきた永四郎の目に、伊織は頷いた。

「それに、ここにも記してあるが、ことの起こりはおぬしの上役だった勘定方組頭矢島貞蔵の姦計《かんけい》から始まっている」

伊織は、このたび起きた和泉屋殺害事件を語って聞かせ、

「気の毒な話だが、おぬしたちはその姦計にはまったとしか言いようがない。おぬしの怒りや複雑な気持ちがわからぬではないが、小野木殿の最期、会ってやったらどうだろうか」

じっと見た。

永四郎は頷いて立った。

伊織に同道したのである。

だが小野木は、夕陽が落ちていくように、静かに息を引き取った後だった。

枕元には松乃が呆然として座っていた。

「松乃殿」

伊織と永四郎が入って行くと、松乃は驚愕して見迎えた。

「松乃……」

永四郎は上にあがって座した。

松乃は黙って深々と頭を下げた。やつれた細い肩が哀れだった。

身動《みじろ》ぎもしないその肩に手をかけることも出来ず、永四郎は黙って見つめていたが、

「心配していたぞ」

うわずった声で言った。憎しみと愛情とが交錯しているような声だった。

松乃は頭を下げたまま、膝の上で両手を固く握り締めていた。その手が、かすかに震えている。

呼吸にして一つか二つ、部屋の中はしいんとした。

息がつまった。

すると永四郎が、膝ひとつ松乃の近くに進めて言った。

「お互いに、苦労であったな」

二人を隔てる固い壁の隙間から、昔の夫の労《いたわ》りが、ほとばしり出た瞬間だった。

松乃の白いうなじが、ほんのわずか波を打ったように見えた。

松乃は変わらず頭を下げたままだったが、やがて、小さな嗚咽《おえつ》を漏らして袖を口に押し当てた。

永四郎は哀しい目で見つめていたが、ぐいと表情を改めると、布団の上で永眠してしまった友に向いた。

「啓之助……」

永四郎は、生きている友に話しかけるように言った。

「馬鹿な男だ……俺も、お前も……」

永四郎は、膝に置いた拳をぎゅっと握り締めた。

その時である。

松乃が顔を上げると、懐刀を引き抜いた。

喉元に突き立てようとした刹那、伊織が飛びかかって、その刀をもぎ取った。

「後生です、お放し下さいませ」

「馬鹿な。あなたが自害して誰が喜ぶ。亡くなった小野木殿の心、そしてここにいる本田殿の心、みな、そなたの幸せを祈ってここまで参ったのではござらぬか」

伊織は厳しく言った。

松乃は泣き崩れた。身をよじるようにして泣いた。


夜になって風はやんだが、雲行きは怪しかった。

日中の陽射しの余熱が残っているような生暖かさで、薄雲が月にかかって、思いの外、地上は薄闇に包まれていた。

伊織と永四郎は、芝の増上寺《ぞうじょうじ》の北側にある馬場に立っていた。

そこへ、長吉が町医者を引っ張って来た。

「伊織様、この者が矢島に毒を渡した町医者です。脅されて調合したようですが……」

「何でも証言いたします。ですから、お許し下さいますよう」

町医者は叫んだ。

その時である。

薄闇の中に土屋弦之助の姿が見えたと思ったら、その後ろから覆面の武家が一人ついて来た。

だが武家は、薄闇の中に自分を待ち受けている者たちの多さに仰天して踵をかえそうとした。

その袖をむんずとつかんだ弦之助は、

「矢島殿、本田永四郎に会いたいのではなかったのか」

伊織たちの前に突き出した。

「岩城藩勘定組頭、矢島貞蔵殿だ」

弦之助が、わざと大声で紹介した。

「な、なんだ、これは……おのれ本田永四郎、これはいったいどういうことか、おぬし、まだ諦めぬというか」

矢島が叫んだ。

「矢島貞蔵、語るに落ちたな。おぬしが長年に亘《わた》っておこなってきた不正も、このたびの和泉屋殺しも明白となった。おぬしをここに呼び出したのは、せめて、人の一生を手玉にとって狂わせたその罪を詫びてほしいと思ったまでだ」

伊織がぐいと前に出て言った。

「な、何者だ。俺は知らぬ。殺しも知らぬ」

「そうはいかねえ。この医者がしゃべっちまったぜ。お前さんに頼まれて人殺しのために薬をつくったとな」

長吉が医者を突き出した。

「や、やや……」

矢島はすっとんきょうな声を上げた。

「伊織、こやつ、印伝の煙草入れは、ちゃっかり腰に携帯しておるぞ。深川のこやつの女からも俺は聞いている。戦利品だと言い、得意げに見せていたというからな。こやつが和泉屋を殺したのは間違いない」

弦之助は高々と言った。弦之助は、こんどばかりは執拗に矢島を追って女をつきとめ、殺しの証拠の印伝の煙草入れのありかをつきとめ、その上で本田の名を出して、矢島をおびき出したのだった。

「わしを騙したのか。わしと一緒に本田を消してやると言ったのは嘘か」

矢島が弦之助に食ってかかる。

「はっはっはっ、大嘘だ」

弦之助はしてやったりと笑ってみせた。

矢島の前に永四郎が進み出た。

「矢島さん、あなたがでっち上げましたね、松乃の不義を……小野木は死にましたよ……小野木の無念の一太刀を……参る」

永四郎は刀の柄に手をやった。

だが、それより早く、

「ええい」

矢島が刀を抜いて永四郎に飛びかかっていた。

激しい刀のぶつかり合う音が響いた。

永四郎は撃ちこんで来た矢島の剣を鍔元《つばもと》でいったん受けたが、渾身《こんしん》の力でこれを押し飛ばした。

矢島は後ろによろけて、尻餅をついた。

その頭上に、すかさず永四郎の剣が振り下ろされた。

「やーっ」

「ひえっ」

矢島の叫びが闇を裂いた。

だが、永四郎の剣は、矢島の頭上一寸のところで横から伸びてきた剣で止められた。

伊織が抜き払った剣だった。

「何をするのです」

永四郎は、きっと見返して伊織に言った。

「本田殿、われわれの役目はこれまでです。自分のやった悪行を目の前に見せてやる、そこまでです。後はしかるべき場所で裁きを受けて貰うことが肝要、藩の不正の一件もござれば、ここでこの男の命を取る訳にはいかぬ。辛抱をなされよ」

「秋月殿……」

永四郎がやる方ない顔を背けた時、腰を落としていた矢島が、刀をつかみ直して、今度は側にいる伊織を下から突こうとした。

「伊織様」

長吉が叫んだ。

刹那、矢島の腕は刀をつかんだまま、宙に飛んでいた。

伊織は刀を納めて、静かに息を吐いた。

六

「どうなさいましたその顔は、随分浮かぬ顔をなさっているではございませんか」

吉蔵は、いつもと変わらぬ飄々とした顔で、伊織を莚の上から見上げると、

「まさか秋月家のお墓が、石塔磨きに遭ったのではないでしょうね」

にやりと笑った。

「馬鹿な……」

伊織は苦笑した。すると吉蔵は真顔になって、

「伊織様、和泉屋の墓地でございますが、殺される前日に石塔磨きに遭っていたのでございますよ」

「何……」

「一連の犯人は捕まってはおりませんから何とも真相はわかりませんが、和泉屋では、あれが因《もと》でこんな災難にあったのではと、いっとき、大騒ぎだったようで

ございます」

「そうか、まだ続いているのか」

「ところがです。和泉屋が殺された翌日から、石塔磨きはぴたりと止みまして、偶然だとは存じますが気味の悪いことでございます。お奉行所は静観の構えだと聞いておりますが、まあ、和泉屋も岩城藩とは縒《よ》りが戻ったということですから、これでおさまってくれればと私も祈っているのですが……」

「うむ」

「おや、まだ何か気にかかる事があおりのようでございますな。そうそう、お聞きになりましたか。岩城藩では、矢島を徹底的にしぼりあげて悪行の数々を吐かせたようでございますよ。矢島は藩邸内で即刻打ち首、本田永四郎様は女敵討ちに及ばず、藩に復帰しろというお達しがあったそうでございます」

「そうか、それは良かった」

伊織はひとつ、胸をなで下ろした。

もう一つの懸念は松乃のこと、小野木啓之助の葬儀を終えた長屋に昨日伊織が訪ねた時、松乃は茫然自失の体《てい》であった。その姿が伊織の脳裏にあったのである。

白い光線が破れた壁から差し込む部屋に、線香が立ち込めていて、箱膳の上に置かれた白木の位牌《いはい》の前で、松乃は白い顔をして座っていたのである。

「どうなさっておられるかと思ってな、案じて参った」

伊織が位牌に手を合わせて松乃に向くと、松乃は弱々しい声で言った。

「どう生きていけというのでしょうか。死ぬこともならぬと言われて、わたくしはどう生きていけば……」

「松乃殿、これは俺の望みだが、本田殿ともう一度やり直すことは出来ぬものかの」

「…………」

「本田殿は、そなたを決して憎くは思ってはおらぬよ」

「でも、失った歳月が取り戻せるとは思えません。わたくしも昔のわたくしではございません」

「いや、昔のままだ。あの、夕顔がその証《あか》しだ。本田殿の寺子屋の庭にも夕顔が植わっていた」

松乃の表情が、ぴくりと動いた。

「心は、お互いの心は昔のままだ」

「いいえ……わたくしは罪の深い女でございます。永四郎様も、啓之助様も、お二人とも不幸にしてしまいました。今はその罪を、どうやって償っていけばよいのかと、途方にくれております。はたしてわたくしのような者が、この世に生きていてよいものかどうか」

「この世に、生きていてはいけない者は、矢島貞蔵のような男をいうのだ。あなたはいわば被害者だ。ここで死んでは、悪に負けたことになりませんか」

「秋月様、人生に負けたわたくしに、どうやって生きろと……」

「やり直すのだ。松乃殿、人生に負けも勝ちもないのではないだろうか。そんなことを言っていたら、俺なんぞは生まれた時から負けの土俵に立たされたことになる。俺はそんなふうには思いたくないな。何かひとつをとらえて負けとか勝ちとか……人は勝ったと思っても、その実は負けているものだ。また、負けたと思っても、よくよく考えるとそれで良かったのだと思えるものだ。そんなに簡単に人の人生を振り分けられる筈がない」

伊織は、懸命に松乃を諭したのであった。

はたしてあの稚拙な諭しを、松乃が心を開いて受け止めてくれたかどうか気にかかる。

「心配事は、松乃様のことでございますね」

吉蔵がにやりとして言った。

「まあ、そういうことだが」

「それならご安心下さいませ。今朝早く本田様が参られました。藩に戻ることは止めて、松乃様とご一緒に寺子屋をやっていかれるようでございます」

「まことか」

「はいな。昔の二人に戻るのも、そう遠くはございますまい」

「早くそれを言わぬか」

「それより困っているのは、土屋様の一件」

「弦之助の……」

また何かあったのかと、ぎょっとして見返した。

「はい。外に女がいたそうじゃございませんか。らくらく亭でお藤が聞いてきましてな、今たいへんなことになっております」

吉蔵は、店の方を振り返った。

その時だった。

どたどたと追われるように、弦之助が店から飛び出して来た。

「おお、伊織」

弦之助はそれだけ言うと、一目散に駆け去った。

「もう、許せない」

お藤が店の前で地団太を踏んでいる。

その姿を、伊織と吉蔵はちらりと見遣って、顔を戻すと吹き出した。

【参考文献】

『近世庶民生活史料　藤岡屋日記』鈴木棠三・小池章太郎編／三一書房
『江戸巷談　藤岡屋ばなし』鈴木棠三著／筑摩書房

コスミック・時代文庫

遠《とお》花《はな》火《び》

見届け人秋月伊織事件帖【一】

2024年9月25日　初版発行

【著 者】
藤原《ふじわら》緋《ひ》沙《さ》子《こ》

【発行者】
佐藤広野

【発 行】
株式会社コスミック出版
〒154-0002 東京都世田谷区下馬 6-15-4
代表　TEL.03(5432)7081
営業　TEL.03(5432)7084
FAX.03(5432)7088
編集　TEL.03(5432)7086
FAX.03(5432)7090

【ホームページ】
https://www.cosmicpub.com/

【振替口座】
00110 - 8 - 611382

【印刷／製本】
中央精版印刷株式会社

乱丁・落丁本は、小社へ直接お送り下さい。郵送料小社負担にて
お取り替え致します。定価はカバーに表示してあります。

ISBN978-4-7747-6592-1 C0193